MARIA FÖDERL

PLÖTZLICH HOFFNUNGSLOS

BAND III

Impressum

Auflage 1

Reith 61
3553 Schiltern / Österreich

Illustration: ***© Cover & Books - Buchcoverdesign by Rica Aitzetmüller***

Korrektorat: ***Lydia Conrath, Christina Lindermair***

»Die Hoffnung lastet in all unseren Herzen, so leicht zerbrechlich und doch halten wir uns an ihr fest.«

Maria Föderl

Aussichtslos

Die zweite Hochzeit innerhalb weniger Monate und wieder bin nicht ich diejenige, die vor dem Altar steht.

Seufzend verfolge ich die Zeremonie von Pia und Sam, die zweifelsohne ein absolutes Traumpaar abgeben. Neidisch werfe ich auch einen Blick rechts neben mich, hier sitzt meine Chefin Yamina mit ihrem Mann Lucien, die ein ebenso glamouröses Eheleben führen. Zwei Plätze weiter sitzen Anna und George, die wohl als Nächstes in den Hafen der Ehe einlaufen werden, denn er hatte ihr zum Weihnachtsfest einen Antrag gemacht.

Scheinbar muss ich mich einfach meinem Schicksal ergeben und weiterhin mit der Arbeit verheiratet bleiben. Wenn ich mir die Geschichten der Paare genauer betrachte, ist es wahrscheinlich auch besser so, dass man alleine bleibt. Der Weg zum Glück scheint manchmal etwas holprig zu sein, und sobald ich an meine ehemaligen Freunde zurückdenke, bestätigt sich meine Befürchtung. Ein paar Liebeleien und eine gescheiterte langjährige Beziehung haben mich in dem Vorhaben bestärkt, den Fokus auf die Karriere zu richten.

Als vor gut zwei Jahren dieses Jobangebot aus den Staaten kam, konnte ich deshalb unmöglich ablehnen. Es war die beste Entscheidung meines Lebens, Deutschland den Rücken zu kehren und meine Vergangenheit ruhen zu lassen.

Wer träumt nicht davon, in der Welt herumzukommen? Natürlich ist der Job kein Zuckerschlecken, vor allem nicht, weil Yamina Sanchez die gefürchtetste Person der Branche weit und breit ist. Aber ich wusste, worauf ich mich einlasse und habe trotzdem immer noch Spaß an der Arbeit. Solange ich alles gewissenhaft und zu ihrer vollsten Zufriedenheit erledige, bleibt mir auch das berühmt-berüchtigte Biest vom Leib.

Mein Blick schweift langsam nach links, zu meiner Begleitung, Gene Connors. Er ist ein Prachtexemplar von einem Mann und ich muss zugeben, dass ich seit kurzem die Aufenthalte in New York dank ihm sehr genieße. Einer vorhergegangenen Spendengala ist es zu verdanken, dass ich Gene und seine Art mich um den Verstand zu bringen, kennenlernen durfte. Nur leider bin ich nicht die Einzige, die um seine Vorzüge weiß. Naja, zumindest konnte er es für den heutigen Tag einrichten, mein Anhang zu sein. Viel mehr Möglichkeiten bleiben mir ja nicht. Nachdem ich alles in Deutschland zurückgelassen habe und nur noch für Sanchez Corp. lebe, sind die zwischenmenschlichen Beziehungen auf der Strecke geblieben. Hier und da ein Abenteuer ist zwar drin, aber ich habe eindeutig zu wenig Zeit für etwas Festes. Und da es Gene scheinbar genauso ergeht, passt das für den jetzigen Anlass einfach perfekt: Ein bisschen Spaß, ohne jegliche Verpflichtungen.

Als er merkt, dass ich ihn beobachte, lächelt er mich an und legt eine Hand auf meinen Oberschenkel, was mir sogleich eine wohlige Wärme durch den Körper jagt.

Heute habe ich es tatsächlich einmal gewagt und ein Kleid angezogen. Normalerweise bin ich eher der Typ Frau, der Hosen trägt, um sämtliche Makel meiner Haut und körperlicher Proportionen zu kaschieren. Ich bin froh, dass Gene ein großgewachsener Mann ist, so dass es mir trotz meiner Größe von einem Meter achtzig möglich ist, hohe Schuhe zu tragen. Ein kleinerer Partner käme für mich nie in Frage. So geben wir zumindest optisch ein hübsches Paar ab. Für alles andere lässt sich leider keine Prognose erstellen.

Ich erwidere sein Lächeln und lege meine Hand auf seine, bevor ich mich wieder dem Geschehen vor dem Altar widme. Die Trauung findet im Central Park New York statt und inmitten des satten Grüns wirkt Pia unfassbar schön in ihrem roten Prinzessinnenkleid. Eine Traumrobe, mit Herzausschnitt, weit ausgestelltem Rock, einer geschnürten Korsage und viel Spitze. Natürlich kann auch Sam in seinem anthrazitfarbenen Anzug und den zu Pias Kleid farblich passenden Accessoires voll punkten.

Schade, dass wir bereits morgen nach Miami zurück müssen, so bleibt mir nicht viel Zeit mit Gene. Dabei möchte ich doch jeden Moment mit ihm intensiv auskosten. Wer weiß, wann und ob ich die Möglichkeit habe ihn wieder zu sehen.

Leider bin ich derzeit fest eingespannt und an Urlaub ist vorerst keineswegs zu denken. Okay, was rede ich? Vorerst? Wohl eher niemals.

Carmen, du hast es dir so ausgesucht, versucht mir eine der vielen *Stimmen* in meinem Kopf einzureden. Ja gut, ich weiß, dass ich in Gedanken mit mir selbst spreche, aber tut das nicht jeder? Versuchen nicht alle sich im Selbstgespräch gut zuzureden, oder eine Erklärung für manche Dinge zu finden, die man mal wieder verzapft hat? Ich wahrscheinlich mehr als andere, aber nun zurück zum Wesentlichen.

Mein Selbstwertgefühl leidet einmal mehr, wenn ich Pia und Yamina so betrachte. Ihr perfektes, makelloses Äußeres, ihr beruflicher Erfolg, ihre ansehnlichen Männer, machen sie zu etwas Außergewöhnlichem, ja sogar Unerreichbarem und ich wünschte, ich hätte nur einen Hauch von dem, was sie haben.

Innerlich rüge ich mich erneut für meine negativen Gedanken und beschließe ab sofort nur noch die erfreulichen Dinge zu sehen. Carpe diem, nutze den Tag, so wie er kommt.

Ich werde mir den Bauch am Buffet vollschlagen, mit Gene eine heiße Sohle aufs Parkett legen, mich mit Tequila betrinken und dann hoffentlich den Brautstrauß fangen. Zu guter Letzt fehlt nur noch eine Nacht, die ich so schnell nicht vergessen kann und ich weiß, dass Gene in der Lage sein wird, mir diesen Wunsch zu erfüllen. Meine Lippen verziehen sich zu einem Lächeln und ich muss mich beherrschen, um nicht laut loszulachen.

Noch während ich mit meiner lebhaften Fantasie beschäftigt bin, beginnen die Leute um mich herum zu applaudieren. Geschockt schaue ich nach vorne und sehe, dass Pia und Sam sich bereits küssen. *Verdammter Mist*, ich habe tatsächlich vor lauter Träumereien das Jawort verpasst. Gott wie peinlich, so etwas kann aber auch nur mir passieren. Ich falle sofort in den Applaus mit ein und versuche mir nichts anmerken zu lassen. Naja, immerhin ist die erste Hürde geschafft, nun heißt es Schlange stehen, um das traumhafte Paar zu beglückwünschen. Gene und ich besorgen uns ein Getränk zum Anstoßen, an der eigens für diesen Anlass errichteten Bar. Wir wollen unsere Pflicht erfüllen, sobald sich der Tumult um die beiden etwas gelegt hat.

Krampfhaft halte ich mich an meinem Champagnerglas fest, als wir uns an einem der Stehtische positioniert haben. Gene mustert mich neugierig und mein Körper wird sofort von warmen Schauern durchflutet. Seine hellblauen Augen wirken sanft, aber gleichzeitig verspielt und ich wünsche mir nichts sehnlicher, als darin zu versinken, während wir die Laken seines Bettes zerwühlen.

»Woran denkst du?«, fragt er mich und wieder wird mir noch etwas wärmer, als seine tiefe Stimme an mein Ohr dringt.

»An das, was uns bevorsteht.« Ich zucke lächelnd mit den Schultern und verschweige die eigentlichen Bilder, welche mir durch den Kopf geistern.

»Hmm, das ist der Punkt, über den ich mit dir sprechen wollte. Ich muss leider nachher gleich weg. Sorry, aber ich kann den restlichen Abend nicht mit dir verbringen. Ich muss morgen in L.A. wichtigen Verhandlungen beiwohnen und dafür noch einiges vorbereiten. Der Flug geht bereits in drei Stunden.«

BÄÄHM, volle Breitseite. Sämtliche Erwartungen, die ich an den heutigen Tag gestellt habe, sind dahin. Innerhalb von Sekunden vollkommen verpufft.

»Oh«, ist alles, was ich sagen kann, will mir nicht anmerken lassen, dass ich wahnsinnig enttäuscht bin. Scheiße, ich habe nicht einmal ein Hotelzimmer für diese Nacht, da ich davon ausgegangen bin, diese mit Gene zu verbringen.

»Entschuldige, ich mache es wieder gut, versprochen, aber sobald wir Pia und Sam gratuliert haben, muss ich leider los.«

»Wow, das kommt dann doch etwas plötzlich«, sprudelt es schließlich aus mir heraus. »Ich merke schon, wir sollten uns das nächste Mal, ausführlicher unterhalten, wenn wir vorhaben uns zu treffen. Ich fürchte, ich habe nun nämlich ein kleines Unterkunftsproblem.«

Gene reißt die Augen auf.

»Oh, so war das keinesfalls gemeint. Du kannst natürlich bei mir schlafen. Ich lasse einen Schlüssel für dich hinterlegen und du kommst einfach, wann du willst. Nur ich werde dann schon längst unterwegs sein.«

Peinlich berührt wünschte ich, augenblicklich im Erdboden versinken zu können. Ich habe da wohl so einiges missverstanden. Innerlich führe ich dennoch einen Freudentanz auf und bin sichtlich begeistert von seinem Vorschlag. Immerhin scheint er mir so weit zu vertrauen, dass er mir seine Wohnung überlässt.

»Ich weiß gar nicht, was ich sagen soll. Damit hätte ich jetzt am allerwenigsten gerechnet«, murmele ich vor mich hin und würde ihm am liebsten um den Hals fallen für diese durchaus grandiose Geste.

»Hast du ernsthaft geglaubt, ich würde dich auf der Straße sitzen lassen? Wir sollten uns dringend einmal unterhalten, wenn ich wieder zurück bin. Was sagt dein Terminplan für kommende Woche?«, fragt er mich und legt eine Hand in meinen Rücken, zieht mich damit sanft an sich. Bisher haben wir in der Öffentlichkeit solche Liebkosungen gemieden. Diese vertrauliche Nähe, die eines Liebespaares, scheint uns beide zu verunsichern, da weder Gene noch ich wissen, wohin uns das Abenteuer noch führt.

»Nächste Woche? Da sind wir komplett verplant, in zwei Wochen ist doch Fashion Week in New York. Das heißt, dass wir zu diesem Zeitpunkt wieder hier sein werden.«

»Sehr gut, dann wird sich bestimmt etwas Zeit für uns finden, meinst du nicht?«

Bei Genes Frage riskiere ich einen Blick in Yaminas Richtung. Ob sie mir während einer der wichtigsten Veranstaltungen des Jahres ein wenig Freizeit gewähren wird? Ich mag es zu bezweifeln.

»Ich glaube, das könnte interessant werden«, wende ich mich wieder an Gene.

»Weißt du an den Tagen der Fashion Week, ist alles immer noch einen Tick anstrengender, als sonst. Der Drang nach Perfektion veranlasst Yamina, sämtliche Dinge ganz präzise zu kontrollieren. Sie erwartet vollkommene Brillanz, in allem, was wir tun und ich fürchte, dass ich durch dich etwas abgelenkt sein könnte.«

Genes Mundwinkeln zucken belustigt. »Ist das so?«

»Du hast ja keine Ahnung«, merke ich an und leere mein Glas in einem Zug. »Und bevor ich weiter darüber nachdenke, lass uns das Brautpaar beglückwünschen.«

Ich packe seinen Arm und schlendere mit ihm in Richtung des frischgebackenen Ehepaares davon.

Pia ist gerade dabei ihren Vater zu umarmen. Man sieht, dass sie versucht die Tränen zurückzuhalten. Ich kann voll und ganz nachvollziehen, wie es ihr geht. Ein ereignisreiches Jahr liegt hinter ihr. Erst der Fauxpas mit Sam, dann das Auftauchen ihres Vaters nach dreißig Jahren, der Eklat und Tod ihrer Mutter und die Versöhnung mit Sam. Ich könnte in diesem Moment keineswegs an mich halten. Aber wenigstens hat die Geschichte ein gutes Ende gefunden. Durch den Abschiedsbrief ihrer Mutter konnten einige Dinge klargestellt werden und Pias Vater, durfte nach langer Zeit erneut in die Staaten einreisen. Mittlerweile lebt er sogar wieder hier und kann sich nun voll und ganz der Beziehung zu seiner Tochter widmen, die ihm bis dato verweigert wurde.

Ein Happy End, wie es im Buche steht.

****

Später am Abend bin ich leicht beschwipst. Gene ist schon seit einiger Zeit verschwunden und ich beschließe, nun auch langsam die Zelte abzubrechen und mir eine Mütze voll Schlaf zu gönnen. Ich verabschiede mich ordnungsgemäß von den Gastgebern und meiner Chefin, bevor ich mich mit dem Taxi zu Genes Bleibe fahren lasse. Am Empfang liegt, wie versprochen, ein Schlüssel für mich bereit und seltsamerweise klopft mein Herz etwas schneller, als ich vor seiner Tür stehe. So allein seine Wohnung zu betreten, ist schon ein merkwürdiges Gefühl. Das Vertrauen, das er mir entgegenbringt, ist wirklich unglaublich, denn eigentlich sind wir immer noch Fremde, abgesehen von der Tatsache, dass wir ab und zu das Bett miteinander teilen. Wenn ich wollte, könnte ich ihm die Bude ausräumen, oder alles durchsuchen. Dabei möchte ich einfach nur schlafen.

Mit einem Lächeln im Gesicht betrete ich sein Apartment, das natürlich absolut modern und stilvoll eingerichtet ist. Wie die meisten Immobilien in diesem Viertel von New York, ist es ein Vermögen wert. Aber da er als erfolgreicher Immobilienhai tätig ist, war das ja zu erwarten. Ob er sich hier auch wohlfühlt? Oder gibt er nur vor jemand zu sein, der er gar nicht ist? Eigentlich hätte ich so viele Fragen an ihn. Traue mich aber nicht, aus Angst anhänglich zu wirken, sie zu stellen. Keinesfalls möchte ich das Bisschen, das zwischen uns ist, zerstören, weil ich zu neugierig bin. Immerhin sehen wir uns nur selten und wenn nutzen wir die Zeit sinnvoller, als sie mit Sprechen zu vergeuden.

Während ich ins Badezimmer schlendere, entdecke ich eine Nachricht von Gene. Sie liegt auf dem Bett und indes ich den Zettel auseinanderfalte, lese ich folgende Worte.

Bitte verzeih mir, dass ich nicht bei dir sein kann. Fühl dich wie zu Hause, denn das bist du. Wir sehen uns bald. Versprochen.

Gene

Seufzend lege ich das Papier beiseite und beginne mich auszuziehen. Dieser Mann ist ein Rätsel. So leidenschaftlich er ist, wenn wir Sex haben, umso sanftmütiger scheint er in seinem Wesen zu sein.

Ich soll mich wie zu Hause fühlen, denn das bin ich.

Wow. Dieses Gefühl, das seine Worte auslösen, beschert mir eine Gänsehaut am ganzen Körper und ehrlich gesagt, weiß ich nicht, was ich davon halten soll. Von beidem. Meint er es ernst? Und warum gefällt mir die Vorstellung? Ich schüttle den Kopf und löse mich damit aus meiner Schockstarre, bevor ich unter die Dusche trete.

Alles Grübeln hilft nichts. Ich muss Klartext mit ihm reden. *Das nächste Mal, ganz bestimmt,* flüstert eine der *Stimmen* und ich nicke zufrieden.

Guter Plan, Carmen, antworte ich stumm und lasse mich wenig später ins Bett fallen. Ich werde sofort umhüllt von Genes Duft und schließe genießerisch die Augen.

Neue Freunde

»Camelie ... wach auf ...«, zärtlich flüstert Gene den von ihm erfundenen Kosenamen in mein Ohr, bevor ich seine Lippen erst auf der Wange und dann auf meinem Mund spüre. Ich seufze verschlafen und schlinge die Arme um seinen Hals. Welch schöne Überraschung. Er weckt mich, dabei dürfte er doch gar nicht hier sein.

Sein heißer Atem kitzelt mich auf der Haut, während seine Hände sich ihren Weg über meinen Körper bahnen.

Wieso ist er zurückgekommen? Wurde das Meeting verschoben? Egal, Hauptsache er ist bei mir. Ich verliere mich in dem Kuss und genieße die Zärtlichkeiten. Wie sehr ich mich danach gesehnt habe, gibt ihm mein Körper unwiderruflich zu verstehen ...

Ich winde mich lustvoll unter ihm, öffne meine Augen, doch nichts, abgesehen von kalter Dunkelheit, empfängt mich. Erschrocken stelle ich fest, dass ich mir lediglich ein Techtelmechtel mit der Bettdecke gegönnt habe und versuche meine Atmung wieder unter Kontrolle zu bringen. Niedergeschlagen verbuche ich diesen erotischen Traum unter ›peinliche Lebensereignisse‹ und bin froh, dass ich dieses Mal die Einzige bin, die alles mitbekommen hat. Ich riskiere einen Blick auf den Radiowecker neben mir auf dem Nachttisch und befürchte schon das Schlimmste. Doch er sagt mir nur, dass ich noch vier weitere Stunden schlafen kann, bevor ich mich wieder mit Yamina und Lucien auf den Weg nach Miami machen muss. Erleichtert drehe ich mich erneut um und streiche mit meiner flachen Hand über die Seite des Bettes, auf der sonst Gene liegt. Ich werde eine Beschwerde beim Universum einreichen, da es mir scheinbar nicht vergönnt ist, mit ihm zusammen zu sein. In einer anderen Zeit, an einem anderen Ort, hätte alles so schön sein können. Aber nein, ich darf einfach nicht glücklich sein.

Wer hat eigentlich all diese Pläne gemacht? Derjenige gehört eindeutig bestraft.

Und wenn mein Hirn endlich die Klappe halten würde, könnte ich vielleicht auch weiter schlafen, denke ich genervt und ziehe mir die Bettdecke über den Kopf.

Als am nächsten Morgen mein Handywecker klingelt, kann ich nicht glauben, dass die vier Stunden bereits vorüber sein sollen. *Ich bin doch erst vor wenigen Minuten eingeschlafen.* Frustriert erhebe ich mich widerstrebend. Völlig erschlagen schlurfe ich ins Badezimmer und spritze mir etwas kaltes Wasser ins Gesicht. Ich strecke meinem Spiegelbild die Zunge heraus und krame in meinem kleinen Reisegepäck, das ich gestern dank des Taxis mit herbringen konnte, nach einer Zahnbürste. Eilig erledige ich all die Dinge, die zu meinem morgendlichen Ritual dazugehören und binde mir anschließend die widerspenstigen Locken zu einem Pferdeschwanz zusammen. Ich beschließe Gene noch eine Nachricht zu hinterlassen und suche nach Papier und Stift, welches ich beides in seinem Büro finde.

Danke, dass ich bei dir sein durfte. Ich habe versucht deinen Rat zu befolgen, aber ich bin hier einfach nicht daheim. Denn nach zu Hause fühlt es sich nur an, wenn du auch gegenwärtig bist.
Camelie

Lächelnd lege ich den Zettel auf das Bett, welches ich vorher noch fein säuberlich hergerichtet habe. In bequemer Kleidung und mit meinem Handy am Ohr verlasse ich wenig später Genes Apartment. Ich checke telefonisch, ob auch ja alles mit dem Flug nachher in Ordnung geht. Des Weiteren vergewissere ich mich bei der Cateringfirma, dass das Essen an Bord sein wird, wie ich es bestellt habe.

Ich rufe in Yaminas Hotel an und organisiere eine Limousine, welche die beiden samt dem Gepäck zum Flughafen transportieren soll. Eine Nachricht von meiner Chefin lässt mich wissen, dass sie und Lucien in einer halben Stunde abholbereit sein werden. Seufzend lasse ich mich auf die Rückbank eines Taxis fallen, das mich zum Flughafen bringen wird, und besorge mir dort als Erstes einen extragroßen Becher Kaffee sowie eine Kleinigkeit zu essen.

Tja, weiter geht's, denke ich und nippe genüsslich an meinem Getränk. Ich koste die letzten ruhigen Minuten des Tages in einem Café aus und beobachte währenddessen die Leute, die geschäftig durch die Flughafenhalle eilen. Wegen Platzmangel macht es sich ein junger Mann im Anzug an meinem Tisch bequem, nachdem er gefragt hat, ob auch noch frei sei. Er mustert mich eingehend, was ich aus dem Augenwinkel heraus erkennen kann, bevor er sich letztendlich seiner Tageszeitung widmet. Ein Lächeln huscht über mein Gesicht. Scheinbar sehe ich doch ganz passabel aus. Jedes Mal, wenn Gene mir sagt, wie hübsch ich bin, geht mir das Herz auf. Schließlich habe ich bisher nur selten solche netten Worte von der Männerwelt zu hören bekommen, und wenn dem so war, dann nur um baldmöglichst in deren Betten zu landen.

Der Anzugträger schaut immer wieder über seinen Zeitungsrand hinweg zu mir und ich werfe ihm ein paar verstohlene Blicke zu. Ich hoffe, es wirkt, wie etwas das einem Flirt gleichkommt, bin ich doch eher ungeschickt in solchen Dingen.

»Sagen Sie, darf ich Sie auf noch einen Kaffee einladen?«, fragt mich nun mein Gegenüber und ich wiege den Kopf hin und her.

»Eigentlich schon, nur leider muss ich jetzt los, der Jet von meinem Boss wartet und sie sieht es gar nicht gerne, wenn ich zu spät komme.« Ich zucke hilflos mit den Schultern und deute aus seiner Miene einen Ausdruck, der Bedauern sehr ähnelt.

»Wirklich schade, dann gebe ich Ihnen meine Nummer und vielleicht melden Sie sich ja einmal, wenn Sie wieder in New York sind«, gibt er mir mit einem Augenzwinkern zu verstehen und schiebt seine Visitenkarte über den Tisch. Also würde es bei ihm auch auf nichts anderes hinauslaufen, als bei all den bisherigen. Ich lächle süffisant und nehme die Karte, bevor ich mich aufrichte.

»In Ordnung, dann machen Sie es gut ...«

»Matthew.«

Ich nicke und wende mich von ihm ab. Als ich mich auf den Weg zum Gate mache, lasse ich das Kärtchen in einen der vielen Mülleimer fallen.

»Bye, bye, Matthew«, flüstere ich, während ich vom Flughafenpersonal aufs Rollfeld begleitet werde.

Ich möchte bereits vor Yamina im Flieger sitzen und noch einmal kurz mit der Stewardess besprechen, was sie zu tun hat. Denn wenn nicht alles nach Plan und absolut perfekt läuft, bin ich meinen Job schneller los, als ich »Piep« sagen kann. Und es wäre wirklich schade um diesen überaus gut bezahlten Posten. Ob ich wohl jemals dazu komme, das Geld auch auszugeben? Ich lächle, als ich den Jet betrete und mich nach Nancy umschaue. Die kleine dunkelhaarige Frau mit ihrem sonnigen Gemüt treffe ich in der Kochnische an, in der sie sich bereits mit der von mir getroffenen Auswahl des Essens vertraut macht.

»Hi Nancy, alles okay?«, frage ich sie und werfe einen Blick auf die Speisen.

»Klar, könnte nicht besser sein. Da hast du ja wieder ein paar Leckereien ausgesucht, die möchte ich am liebsten selbst verschlingen.« Sie grinst und verstaut das Essen in die dafür vorgesehenen Fächer, damit beim Start, außer dem Gulfstream, nichts durch die Gegend fliegt.

»Bitte serviere das Ganze dann gleich nach dem Start, denn ich gehe davon aus, dass Yamina und Lucien nicht wirklich zum Frühstücken gekommen sind. Wie immer Milchkaffee für sie und einmal schwarz für ihn ...«

»Und noch eine Latte für dich. Ja, ich weiß Carmen. Mach dich endlich mal locker, du gehst immer noch viel zu verkrampft an die Sache heran. Du bist mittlerweile zwei Jahre ihre Assistentin und das wirst du auch weiterhin bleiben. Denn du bist diejenige, welche Yaminas Wünsche von den Augen abliest, ehe sie nur daran denkt. Sie wäre schön blöd, dich zu feuern, nur weil ich einen falschen Kaffee auftische.« Ich lächle Nancy an.

»Danke, das sind echt lieb gemeinte Worte, aber du musst mich auch verstehen. Ich habe alles für diesen Job aufgegeben, er ist das Einzige, was ich im Moment habe.« Nancy klopft mir aufmunternd auf die Schulter.

»Wem sagst du das. Zusammen meistern wir das schon, so wie immer. Also setz dich, entspanne ein wenig und genieße den Flug. Das hier ist nun mein Territorium, in dem du für nichts verantwortlich gemacht werden kannst«, versucht sie mich zu beruhigen und ich nicke schuldbewusst.

»Entschuldige, du bist ja um einiges länger an Bord als ich und kennst die Abläufe aus dem Effeff.« Ich lasse mich in meinen Sitz fallen und nehme den Laptop aus dem Handgepäck.

»Dann werde ich mich nun meinen Aufgaben widmen«, erkläre ich ihr und höre bereits, dass Yamina und Lucien den Jet betreten.

»Guten Morgen«, begrüße ich sie und ernte tatsächlich ein Lächeln von Yamina. Heute könnte also ein angenehmer Tag werden.

»Guten Morgen«, gibt nun auch Lucien von sich und die beiden lassen sich nebeneinander in die Sitze sinken. Immer noch verliebt wie am ersten Tag turteln sie miteinander und ignorieren mich gänzlich. Die Hochzeit von Sam und Pia dürfte sie an ihre eigene vor ein paar Monaten erinnert haben. Erleichtert mache ich mich, derweil ich Ruhe habe, an die Arbeit. Ich muss noch einige Dinge für die kommende Woche klären. Immerhin nähern wir uns der New-York-Fashion-Week, eines der wichtigsten Ereignisse unserer Firma. Ich muss Yaminas Zeitplan koordinieren. Pressekonferenzen und Promotion-Termine einplanen, diverse Interviewanfragen beantworten und, und, und.

Abgeschottet von der Außenwelt tippe ich in meine Tasten. Voller Hingabe widme ich mich den Herausforderungen und hebe erst wieder den Blick, als mir Nancy wenig später den Latte Macchiatto serviert.

»Merci«, sage ich lächelnd und nehme mein Getränk dankbar entgegen. Sie zwinkert mir zu, bevor sie den anderen beiden Kaffee sowie das Frühstück reicht.

»Carmen, was hältst du davon, wenn du dir, nachdem wir gelandet sind, den restlichen Tag frei nimmst? Ich habe auch keine Muse mehr, heute noch zum Tower zu fahren.« Yamina nippt an ihrem Milchkaffee und ich merke erst nach einer Weile, dass ich sie scheinbar mit offenem Mund anstarre.

»Entschuldige, wie bitte?«, will ich mich vergewissern.

»Du hast mich schon verstanden. Der gestrige Tag steckt uns allen noch in den Knochen. Machen wir lieber morgen weiter. Unsere Vertretungen werden es heute auch noch ohne uns überstehen. Sag ihnen nur Bescheid und dann gönne dir einen schönen Tag, gehe shoppen, oder was weiß ich.« Sie grinst und lehnt sich wieder an ihren Mann.

»Ich weiß auf alle Fälle, was ich heute machen werde.«

Amüsiert hebe ich die Augenbrauen. Irgendetwas ist anders. Sie verhält sich merkwürdig. Das ist so untypisch für sie, alles plötzlich locker zu sehen. Ob das ein Test ist? Ich stehe dem Ganzen doch eher skeptisch gegenüber. Das bin ich überhaupt nicht von ihr gewohnt. Ein freier Tag, einfach so? Was soll ich denn bloß mit meiner nun verfügbaren Zeit anstellen?

»Keine Sorge, du wirst noch genug gefordert. Schließlich muss ich Lucien ab morgen für die nächsten zwei Wochen entbehren«, richtet sie sich noch einmal an mich, da sie offensichtlich merkt, dass mir ihre Vorschläge komisch vorkommen. Stimmt ja, Lucien muss sich dann vermehrt um R&W kümmern, solange Sam und Pia in den Flitterwochen sind. Nun verstehe ich auch, weshalb sie den restlichen Tag für sich nutzen wollen. Ich schüttle lachend den Kopf und wende mich an Nancy. »Wie sieht es mit dir aus, hast du nach der Landung schon etwas vor? Ansonsten könnten wir ja gemeinsam die Stadt unsicher machen, oder was meinst du?«, frage ich sie, als sie mir das Frühstück aushändigt und sich neben mich setzt, um ihres zu genießen.

»Klar warum nicht? Ich kenne da einen coolen Laden, da müssen wir mal hin. Sanchez, oder so«, sie grinst und ich kann mir ein Lachen nicht verkneifen.

»Ach ich glaube, wir sollten uns lieber in einem Beautysalon verwöhnen lassen. Das haben wir uns verdient und nötig hätte ich es auch einmal wieder«, schlage ich vor und werde sofort argwöhnisch von Nancy gemustert.

»Stimmt, jetzt wo du es sagst.« Der Tag könnte durchaus interessant werden. Zumindest schwimmen wir schon mal auf einer Wellenlänge, bisher habe ich, abgesehen von den Flügen, noch nicht viel privaten Kontakt zu Nancy gepflegt. Schade eigentlich. Zeit, das nachzuholen ...

Überraschung

Nachdem Nancy und ich fast den ganzen Tag in einem Spa verbracht haben, sind wir nun erholter denn je. Eine Massage und eine Kosmetikbehandlung wirken eben doch immer wieder wahre Wunder. Ich weiß gar nicht, zu welchem Zeitpunkt ich mich das letzte Mal so entspannt habe, ich fühle mich gut, sehr gut um genau zu sein. Obwohl die Behandlung ein halbes Vermögen kostet, ist von Reue keine Spur. Wann komme ich sonst dazu, mein hart verdientes Geld unter die Leute zu bringen? In Deutschland habe ich davon nicht einmal zu träumen gewagt und hier ist es plötzlich möglich.

Zielstrebig steuern wir eine Boutique an und ich beschließe, mir heute auch noch ein neues Outfit zu gönnen. Eines, das Gene aus den Socken haut, wenn wir uns das nächste Mal begegnen. Ich will, dass ich ihm nicht mehr aus dem Kopf gehe, so wie er sich in meinen geschlichen hat und nicht mehr verschwindet.

Unfassbar, ich muss den *Stimmen* dringend sagen, dass sie sich wieder auf die Arbeit konzentrieren sollen.

Als ich in einer der Umkleidekabinen etwas anprobiere, fragt mich Nancy, die hinter dem Vorhang steht:

»Was meinst du, wollen wir heute Abend ins Kino und dann die Clubs unsicher machen? Ich wette, du wirst nach dem Streifen nicht an Schlaf denken können.«

»Von welchem Film sprichst du?«, will ich wissen und betrachte mich kritisch im Spiegel. Das Kleid könnte Gene gefallen. Zumindest betont es meine üppige Oberweite. Lächelnd rücke ich diese noch etwas zurecht und quittiere das Ergebnis mit einem zufriedenen Lächeln.

»Magic Mike XXL, Baby. Du wirst ausflippen bei so viel heißen Kerlen.« Bei Nancys Worten muss ich grinsen.

»Das ist doch dieser Stripperfilm?«

»Und wie er das ist! Also, Deal?«, fragt sie ungeduldig und ich schiebe den Vorhang beiseite.

»Wow. Das musst du unbedingt kaufen und am besten heute noch anziehen, wenn wir um die Häuser ziehen. Damit kannst du jeden mit nach Hause nehmen, den du willst!« Nancy zupft ein wenig an dem blauen Stoff und mustert mich erneut.

»Ja mal sehen, vielleicht. Aber als Erstes schauen wir uns den Film an, von dem du gesprochen hast.«

Nancy strahlt mich an und zückt ihr Smartphone.

»In Ordnung, dann werde ich gleich mal ein paar Karten reservieren.«

Wenige Stunden später verlassen wir das »O Cinema« und sind immer noch gefesselt von dem Anblick, der uns geboten wurde. Unfassbar sexy die Jungs.

»Nancy, eigentlich brauche ich jetzt eher eine Abkühlung, als eine Clubtour.« Ich fächere mir sinnbildlich etwas Luft zu und schnalze mit der Zunge. Sie lacht und zieht mich mit sich.

»No way, ich werde keine Ausrede gelten lassen. Wir gehen heute tanzen.«

»Na schön, aber wirklich nicht lange, ich muss morgen wieder früh raus.«

Sie nickt und steuert auf eines der Taxis zu.

»Beeil dich. Wir sollten keine Zeit verlieren. Vielleicht tanzt ja gerade irgendwo ein Channing Tatum.«

Ich schüttele lachend den Kopf und folge ihr. *Na das kann ja heiter werden.*

Wir halten vor einem der angesagtesten Clubs der Gegend und ich bezweifle, dass wir hier einfach so hereinkommen, ohne Beziehungen spielen zu lassen.

»Keine Sorge Carmen, ich habe alles im Griff. Ausnahmsweise kenne ich da mal jemanden.« Nancy zwinkert mir verschwörerisch zu und ich hänge mich an ihre Fersen, indes sie auf den Eingang zusteuert. Sie huscht vorbei an der langen Warteschlange und wendet sich direkt an einen der Securitymänner. Es folgt eine Umarmung und ein Kichern ihrerseits. Sie flüstert ihm etwas ins Ohr und deutet mit einem Kopfnicken zu mir. Daraufhin lächelt er und gewährt uns den Eintritt.

»Wow, du bist brillant!«, sage ich anerkennend, als wir den Club betreten.

»Dafür gibst du jetzt einen aus«, gibt sie mir zu verstehen und bahnt sich den Weg durch die Menge. An der Bar angekommen bestellen wir uns Cocktails und lassen den Blick über die Tanzfläche schweifen.

»Und, schon jemanden entdeckt?«, frage ich sie und ernte ein Lächeln.

»Abwarten, der Abend ist ja noch jung.« Sie zieht mich an ihre Seite und zückt ihr Smartphone. »Aber als Erstes müssen wir den Leuten mal mitteilen, wo sie uns finden können.« Wir grinsen in die Kamera, als Nancy ein Selfie von uns macht und es bei Facebook hochlädt.

»Du hast echt einen Knall«, sage ich lachend und nippe an meinem Getränk.

»Ach was, ich will nur ein bisschen Spaß haben. Wir sind frisch und knackig, wir müssen uns noch nicht in Ketten legen lassen, wie Yamina und Pia. Findest du nicht auch, dass die es alle ein wenig eilig hatten zu heiraten?«

»Kann schon sein. Ich glaube, wenn der Richtige da ist, spielt der Zeitpunkt keine Rolle mehr«, sage ich schulterzuckend und werde für den Satz kritisch gemustert.

»Das klingt verdächtig, wie heißt er?«, fragt sie und ich verschlucke mich beinahe an meinem Getränk.

»Wie bitte? Du glaubst, ich bin verknallt?«

»Das glaube ich nicht nur, ich weiß es.«

»Blödsinn. Du redest wirres Zeug. Lass uns tanzen.« Ich stelle das Glas beiseite und nötige sie, mir auf die Tanzfläche zu folgen. So ein Humbug. Ich und verliebt? Nie im Leben! Dem Unsinn hatte ich schon vor langer Zeit abgeschworen.

Zu David Guettas »Hey Mama« lassen wir ein wenig später die Hüften kreisen. Nancy flirtet, was das Zeug hält, doch ich bin tatsächlich nicht in Stimmung. Genügend gutaussehende Kerle würden mir die Wahl auch erschweren, die Gedanken jedoch drehen sich immer wieder nur um einen Mann. Gene. Er hat sich seit dem gestrigen Tag kein einziges Mal bei mir gemeldet. Sehnsüchtig werfe ich einen Blick auf mein Handy, aber es schweigt weiterhin. Nicht einmal Yamina hat versucht mich zu erreichen. Diesen Tag sollte ich mir also lieber rot im Kalender anstreichen. Als ich das Smartphone zurück in die Handtasche stecke, bemerke ich, dass ich von hinten angetanzt werde. Jemand legt mir seine Hände auf die Hüften und ich bin drauf und dran mich lauthals zu beschweren. Jeglicher Groll löst sich aber sofort in Luft auf, als ich die mir vertraute Stimme am Ohr wahrnehme.

»Du siehst unglaublich aus. Das Kleid schreit förmlich danach, dass ich es dir ausziehen soll.«

Sämtliche *Stimmen* in meinem Kopf stoßen einen Jubelschrei aus und ich drehe mich zu ihm um. Er sieht atemberaubend aus. Gene.

»Was machst du denn hier und woher zur Hölle weißt du, wo wir sind?«, frage ich überrascht und küsse ihn zur Begrüßung. Gene zieht mich noch ein Stück näher an sich.

»Ich wollte dich eigentlich heute von der Arbeit abholen, habe aber nur eure Vertretungen angetroffen.

Zu Hause warst du ebenfalls nicht. Doch nachdem ihr ja im Netz später geteilt habt, dass ihr euch im Kino diesen Film anseht, wusste ich, wo du zu finden bist.«

»Wow Okay, das heißt, du hast mich schon den halben Abend beobachtet? Ich dachte, du seist in L.A.?«

»Ja, das Meeting ist gut verlaufen und ich konnte früher verschwinden. Ich habe in Miami außerdem auch ein paar interessante Jobs ergattert, die ich mir nicht entgehen lassen wollte, genau wie die Möglichkeit dich zu sehen.« Gene lächelt und streicht mir eine Haarsträhne aus dem Gesicht. »Und seit heute gibt es sogar tatkräftige Unterstützung in meinem Unternehmen. Den neuen Mitarbeiter Matthew habe ich auch gleich hierher beordert. Wie ich sehe, hat er auch schon Bekanntschaft mit deiner Freundin gemacht.« Gene nickt in deren Richtung und ich muss zweimal hinsehen. Der Kerl, der ganz offensichtlich mit Nancy tanzt und flirtet, ist der, dem ich an diesem Morgen in New York am Flughafen begegnet bin.

»Ich brauche definitiv noch etwas zu trinken«, sage ich und ziehe Gene mit mir zur Bar.

»Was ist los. Freust du dich denn gar nicht?«, fragt er mich sichtlich geknickt.

»Doch natürlich. Es ist nur so, dass ich deinem Mitarbeiter heute Morgen schon am Flughafen begegnet bin. Er hat mich zu einem Kaffee einladen wollen und mir seine Karte gegeben. Er lässt also nichts anbrennen. Ich meine Nancy ist genau auf der Suche nach so jemandem, aber ich kann dem nichts abgewinnen. Er hat irgendwas an sich, das sämtliche Alarmglocken bei mir läuten lässt.«

»Mach dir keine Gedanken. Er ist in Ordnung. Aber ich habe eine Idee, bei der wir alle vier noch ein bisschen in Ruhe weiter feiern können.«

»Was gibt es denn zu feiern?«

»Brauchst du einen Grund?«, fragt mich Gene neckend und ich schüttle den Kopf.

»Ein freier Tag ist Grund genug. Lass uns Nancy und Matthew holen.« Die Getränke nehmen wir als Wegzehrung mit, indes wir uns ins Getümmel stürzen.

Eine halbe Stunde später sitzen wir in einem Taxi und fahren in Richtung Hafen.

»Verrätst du uns nun endlich, wo du uns hinbringst?«, frage ich ungeduldig.

»Wir werden uns einen Besitz, den ich vorhabe zu verkaufen, etwas genauer ansehen.« Gene grinst vielsagend. »Du musst wissen, dass ich nicht nur Immobilien an Land verscherbele.«

Nun fiel der Groschen auch bei mir.

»Wir werden auf einem Boot die Nacht verbringen? Wow, da ist ja mal der Hammer.«

»Warte, bis du die Yacht siehst. Ein absolutes Sahnestück.«

»Dürfen wir das denn? Ich meine, das ist ja fremdes Eigentum«, merke ich die Bedenken an, als das Taxi anhält.

»Keine Sorge, wir müssen uns doch von allen Gegebenheiten ein Bild machen, um das Objekt glaubwürdig verkaufen zu können.« Gene zwinkert mir zu und zahlt den Fahrer, bevor wir aussteigen. Die Boote, die von hier aus zu sehen sind, spielen in einer Liga, die ich niemals erreichen werde. Das ist etwas, das sich Yamina leisten könnte. Gene und Matthew gehen voraus, Nancy und ich folgen ihnen, wobei sie mich beiseite zieht.

»Ist er das?«, will sie wissen und wackelt mit den Augenbrauen. Ich unterdrücke ein Lachen und nicke stumm. »Gute Wahl, er ist heiß. Wie lange kennt ihr euch schon?«

»Seit ein paar Monaten. Ich habe ihn auf der Spendengala kennengelernt, bei der Pia ihrem Vater das erste Mal begegnet ist. Davon hast du sicher gehört oder?«

»Ja stimmt. Ich erinnere mich. Ich war auf dem Flug dabei, als Yamina und Lucien ihren Paps in Skandinavien abgeholt hatten.«

»Gene hat mich damals ersteigert für einen Tanz. Nach dieser Veranstaltung haben wir uns immer mal wieder getroffen, wenn Yamina beruflich in New York unterwegs war.«

»Das klingt doch toll. Vielleicht wird ja mehr daraus, als nur eine Affäre.«

»Ich weiß nicht, wir kennen uns ja kaum. Wir hatten bisher noch keinerlei Zeit zum Reden. Die Augenblicke, die uns blieben, haben wir anderweitig genutzt.«

Nancy lacht bei meinen Worten und erwidert nichts mehr. Mittlerweile scheinen wir auch bei dem Boot angekommen zu sein, das wir nun genauer unter die Lupe nehmen werden.

Das äußere Design glänzt durch schwungvolle Linien und die großen Panoramafenster lassen traumhafte Blicke vom Inneren nach außen erahnen. Gene und Matthew helfen uns gentlemanlike beim Betreten der Yacht, nachdem wir unsere Schuhe ausgezogen haben. Moderne Eleganz springt uns entgegen und ich bin jetzt schon restlos begeistert. Ich sollte Yamina vorschlagen, sich auch solch ein kleines Spielzeug zuzulegen. Vorbei an einer edlen Sitzgruppe kommen wir dem Innenbereich näher. Das Boot ist riesig und ich möchte gar nicht wissen, in welcher Preisklasse wir uns bewegen. Das Interieur ist ebenfalls modern gehalten und lädt zum Entspannen ein.

»Diese Yacht ist mehrstöckig, wie ihr sicher schon gesehen habt. Auf einem der oberen Decks gibt es einen Pool und einen Jacuzzi. Es sind mehrere Schlafzimmer vorhanden und alles, was ein millionenschweres Herz höher schlagen lässt. Wir befinden uns also gerade auf einer schwimmenden Villa. Fitnessraum, Fernseher in jedem Zimmer. Alles vom Feinsten. Ich habe mir erlaubt für heute Nacht ein paar Besatzungsmitglieder anzuheuern, wir machen gleich eine Probefahrt mit allem Drum und Dran.«

»Oh mein Gott, das ist ja unglaublich. Wann hast du das denn organisieren können?«

»Das war nicht ich, Matthew hat sich darum gekümmert. Ursprünglich war es auch nur für uns beide vorhergesehen, aber die Yacht ist groß genug für uns alle.« Gene zwinkert Nancy verschwörerisch zu.

»Was wollt ihr als Erstes machen? Essen oder die Aussicht aufs Meer im Jacuzzi genießen, wenn wir ablegen?«

»Also ich bin für jetzt Essen und Jacuzzi später.«

»Dein Wunsch sei mir Befehl, Camelie«, haucht er mir ins Ohr und verschwindet mit den Worten: »Wir treffen uns dann alle gleich auf dem Deck der nächsten Etage.«

»Lass uns schon einmal hinaufgehen«, meint Matthew zu Nancy und ich lächle den beiden hinterher.

»Ich sehe mich noch ein bisschen um«, rufe ich ihnen nach und steuere auf den vorderen Teil des obersten Decks zu. Himmel, dieses Boot ist wirklich gigantisch. Wer zum Teufel hat so viel Kohle, um sich solch ein schwimmendes Herrscherhaus leisten zu können. Ich laufe an mehreren Räumen vorbei und bleibe beim vordersten Zimmer stehen. Für gewöhnlich sollte sich doch hier ein Schlafzimmer befinden. Ich öffne die Tür, die aus edlem Holz gefertigt wurde und betrete das helle Areal, das rundum verglast ist. Das riesige Doppelbett steht in der Mitte des Bereiches. Von dort aus könnte man also neben leidenschaftlichen Aktivitäten auch den grandiosen Ausblick genießen. Ein Traum. Ich seufze und werfe einen Blick auf die Terrasse, die direkt an die Glasfront anschließt. An diesem Ort könnte man es aushalten.

»Dachte ich es mir doch, dass ich dich hier finde.« Genes Stimme verursacht jedes Mal wieder ein kleines Gefühlschaos in meinem Inneren. Lächelnd drehe ich mich zu ihm um. Er steht so nah bei mir, dass ich das Verlangen habe sofort über ihn herzufallen.

Mein Blick zur geschlossenen Türe sagt mir, dass er auf Mehr aus ist. Also beuge ich mich etwas zu ihm vor und erlaube es mir, mit den Lippen über seinen Hals zu streifen. Meine Finger schmiegen sich an seine Wange, als ich seinem Blick begegne. Das Toben des Ozeans ist darin zu sehen und während ich die Lippen auf seine drücke, spiegelt sich in seinen blauen Augen die Gier wider, die auch ich empfinde. Indes ich seine Hände auf dem Hintern spüre, keuche ich überrascht auf. Beinahe unbemerkt rafft er mein Kleid nach oben und zieht es mir über den Kopf. Sein Stöhnen, während sein Blick über meinen nur noch durch Dessous verhüllten Körper wandert, bringt mein Blut zum Kochen. Der Geschmack seiner Lippen überwältigt mich und ich bin ihm völlig verfallen, als er mir mit der Zunge zeigt, dass er seine Küsse vertiefen will. In Trance und völlig willenlos schmiege ich mich an ihn. Geschickt schält er mich auch noch aus der Unterwäsche. Ich spüre seine Erektion, die sich fordernd gegen meinen Körper drückt. Das Pochen unterhalb der Bauchgegend signalisiert mir, wie sehr ich es vermisst habe ihn zu spüren. Ich bin bereit, sogar mehr als das. Ich will ihn, muss ihn haben. Kein anderer Mann hat vorher solch ein Feuer in mir entfacht, wie Gene. Seine Finger berühren meine Brüste und er beugt sich hinab, um an den aufgerichteten Spitzen zu saugen. Angenehm schmerzend recken sie sich ihm entgegen. Als er auch noch daran knabbert, glaube ich beinahe explodieren zu müssen. Mit einer Hand umfasst er meine Brüste und mit der anderen wandert er tiefer zwischen meine Beine. Seine Finger streichen über die empfindliche Stelle und ich kann mir ein Stöhnen nicht länger verkneifen.

Unbeirrt verfolgt er sein Ziel. Er reizt mich bis aufs Äußerste, lässt die Finger in mich gleiten, um sie kurz darauf wieder zurückzuziehen. Es ist die reinste Folter ihn erst zu spüren und dann nur noch Leere zu empfinden.

»Gene, bitte. Ich will dich.« Er versenkt die Finger tiefer in mir.

»Vertrau mir. Ich weiß genau, was du brauchst.« Seine Stimme ist rau, indes er mich weiter liebkost. Ich vergrabe die Nägel in seinen Schultern, klammere mich an ihn.

Völlig benebelt entledige ich nun auch ihn der Kleider, während meine Hände über seinen Oberkörper wandern und zärtlich über die Brustmuskeln streicheln. Als sie sich unaufhörlich ihren Weg nach unten bahnen, verkrampft sich seine Hand um meinen Busen. Er zieht scharf die Luft ein, als ich seinen Schaft berühre und drängt mich sanft aber bestimmt in Richtung Bett.

»Ich finde, du hast genug gespielt, Camelie. Jetzt bin ich an der Reihe.« Mit einer schnellen Bewegung dreht er mich um und drückt meinen Oberkörper auf das Bett, sodass mein Po steil nach oben ragt. Sofort fühle ich seine Präsenz hinter mir und weiß, dass ich ihn gleich in mir spüre. Dieses Wissen erregt mich ungemein und ich recke ihm das Gesäß noch etwas mehr entgegen. Seine Hände packen meine Hüften, umklammern mich fest, während ich gespannt die Luft anhalte, als er mit einem schnellen Stoß in mich eindringt. Er hält kurz inne, um mir etwas Zeit zu geben mich an ihn zu gewöhnen, bevor er mit der unerbittlichen Inbesitznahme meines Körpers fortfährt. Ich komme ihm bereitwillig entgegen und fühle bereits den wunderbaren Höhepunkt herannahen. Unsere Körper bewegen sich in einem gleichmäßigen Rhythmus, als wären sie miteinander verschmolzen. Wie füreinander geschaffen geben wir uns den Gefühlen hin, die uns überwältigen und letztendlich in einen tiefen Strudel der Ekstase ziehen.

Neuigkeiten

Als ich am nächsten Morgen aufwache, erinnere ich mich mit einem Lächeln auf den Lippen an den vergangenen Abend. Nachdem Gene mich zuerst ganz schön um den Verstand gebracht hatte, kehrten wir zu den anderen an Deck zurück und ließen uns das Dinner schmecken. Nancy und Matthew waren sowieso mehr mit sich selbst beschäftigt, als dass sie unsere lange Abwesenheit gestört hätte. Den restlichen Abend verbrachten wir zu viert im Jacuzzi unter dem Sternenhimmel mit leckeren Cocktails, bevor wir uns in die Schlafzimmer zurückzogen. Dort lieferte Gene mir dann eine persönliche Showeinlage. Er konnte es einfach nicht auf sich sitzen lassen, dass Nancy und ich so von Magic Mike schwärmten und bewies mir, dass er sich durchaus mit ihm messen kann. Was soll ich sagen? Ich bin voll und ganz auf meine Kosten gekommen.

Das dümmliche Grinsen weicht nicht aus meinem Gesicht, während ich mich umdrehe, um Gene anzuschauen. Er schläft noch und ich beobachte ihn. Daran könnte ich mich gewöhnen. Jeden Morgen neben ihm aufzuwachen wäre das Highlight des Tages.

Leise steige ich aus dem Bett, um ihn nicht zu wecken und werfe einen Blick auf meine Uhr. Okay noch knapp eine Stunde bis ich arbeiten muss, also habe ich noch genug Zeit um mich herzurichten. Verträumt schaue ich aus dem Panoramafenster unseres Schlafzimmers.

Moment mal. Was zur Hölle geht hier vor? Die Küste, die ich sehen kann, ist definitiv nicht die von Miami!

»Was zum Teufel?«, fluche ich und nehme keine Rücksicht mehr auf den schlafenden Gene. »Wach auf, verdammt! Wo sind wir?« Ich schüttle ihn unsanft und gerate in Panik.

Ich meine mich zu erinnern, dass ich die Landschaft, welche sich mir am Horizont bietet, schon einmal gesehen habe. Das muss die Küste von Kuba sein! *Um Gotteswillen, lass das bitte nur einen Traum sein!,* beten die *Stimmen*, während Gene mich nur verstört anblickt.

»Was ist denn los, Camelie?«

»Was los ist? Der scheiß Kutter, auf dem wir uns befinden, ankert vor der kubanischen Küste und ich muss in spätestens sechzig Minuten im Büro sein. Oh Gott, ich bin sowas von tot!« Ich werfe mich theatralisch aufs Bett und schluchze. Was soll ich auch anderes tun? Unmöglich, dass ich es in weniger als einer Stunde in den Tower schaffe. Yamina wird mich umbringen. Es sind nur noch wenige Tage bis zur Fashion Week in New York. Mein Schreibtisch und der Terminplaner quillen über. Ein Wunder, dass ich den gestrigen Tag frei bekommen habe, aber dass ich nun nicht zur Arbeit erscheine wird mich den Job kosten.

»Ach komm schon. Yamina sieht das sicher nicht so eng«, meint Gene und zieht mich an sich.

»Bist du von allen guten Geistern verlassen?«, frage ich und stoße ihn von mir. »Sie wird mich hochkant rausschmeißen. Du hast ja keine Ahnung, was momentan bei uns zu tun ist. Scheiße, ich muss sie anrufen, ihr die Sache erklären und mich entschuldigen.« Ich zücke mein Handy und will die Nummer meiner Chefin wählen, aber wie sollte es anders sein... Natürlich habe ich keinen Empfang.

»Verdammt Gene, was hast du dir dabei gedacht mit der Yacht die ganze Nacht über den Ozean zu schippern? Wie komme ich denn nun schnellstmöglich nach Miami? Ich habe nicht mal einen Pass dabei, damit ich in Kuba an Land gehen und mir einen Flieger chartern kann.« Während ich in meine Klamotten von gestern schlüpfe, grüble ich, wie ich das Unmögliche vollbringen soll.

»Ich muss zum Kapitän. Ich brauche ein Funkgerät und das schnellstens!« Ich funkele Gene wütend an, damit er weiß, dass er besser keine Spielchen mehr mit mir treibt.

»So schön die letzte Nacht auch war, Gene. Dieses Mal hast du den Bogen gewaltig überspannt. Wie kannst du mir das antun?«

Er begleitet mich schweigend zur Brücke und lässt mich mit dem Schiffsführer sprechen. Dieser überlässt mir sein Funkgerät, sodass ich das einzige Verkehrsmittel in Havanna ordern kann, das mich schnellstmöglich in die Staaten bringt um dem Empfänger der Nachricht zu signalisieren, wie prekär die Lage ist, erwähne ich explizit, dass der Preis keine Rolle spielt. Ich bin mir sicher, dass ich damit auch im Sinne von Yamina handle. Wütend stapfe ich an Gene vorbei und suche mir eine Ecke der Yacht, in der ich ungestört auf das Speedboot warten kann, ohne dass er mich anspricht. Auf seine Sprüche kann ich gerade wirklich verzichten.

Wenige Minuten später erscheint Nancy und setzt sich zu mir auf den Boden.

»Na da haben sie uns aber gewaltigen Ärger eingehandelt oder?«, merkt sie an und legt ihren Arm um meine Schulter.

»Sie wird uns lynchen. Okay, dich eher weniger, da heute kein Flug ansteht, aber ich ... ich werde in der Hölle schmoren. Ganz langsam wird sie mich grillen und zum Abendessen verspeisen.« Nancy muss lachen und wuschelt mir durch die braunen Locken.

»Irgendwie witzig, aber du könntest durchaus recht haben.« Wieder lacht sie, ehe sie ein ›gruselig‹ hinzufügt und sich gespielt angeekelt schüttelt.

»Was lief eigentlich zwischen dir und Matthew?«, will ich wissen und werfe ihr von der Seite einen verschwörerischen Blick zu.

»Sehr wahrscheinlich das Gleiche, wie mit dir und Gene.« Sie streckt mir die Zunge heraus und ich verneine.

»Wetten, dass du keinen Strip à la Magic Mike bekommen hast?« Ich grinse und schnappe meine Handtasche, da bereits das Speedboot in Sicht ist.

»Nicht dein Ernst?« Nancy schaut mich verblüfft an.

»Und ob! Nur zu schade, dass er ein Idiot ist«, fauche ich böse und schaue mich nach dem Übeltäter um. Doch keine Spur von ihm.

»Ach komm schon, er hat es sicher nicht böse gemeint. Die Aktion mit der Yacht ist doch der helle Wahnsinn, wer wünscht sich denn nicht, einmal so von seinem Freund überrascht zu werden?«

Grummelnd gebe ich zu, dass sie recht hat, sage es aber nicht zu laut. Gene soll ruhig eine Weile daran zu knabbern haben. Immerhin steht mein Job auf dem Spiel.

Und den werde ich nun versuchen zu retten, denke ich voller Elan, als Nancy und ich wenig später auf das Wassertaxi umsteigen.

»Süße, halt die Perücke fest. Jetzt wird es stürmisch.« Ich grinse Nancy an, als sich das Speedboot in Bewegung setzt. Einen letzten Blick in Richtung Yacht werfend erkenne ich Gene, der an der Reling steht und uns hinterherschaut. Irritiert registriere ich den traurigen Ausdruck in seinen Augen.

Dachte er allen Ernstes, dass ich wegen ihm meinen Job hinschmeiße? Das kann er doch nach der kurzen Zeit nicht wirklich von mir verlangen wollen. Kopfschüttelnd wende ich mich wieder ab und überlege mir schon einmal, was ich Yamina erzähle, denn ich konnte sie dank der miserablen Vernetzung immer noch nicht erreichen. Das bedeutet Überstunden von den Überstunden, die ich sowieso ständig mache.

Während der rasanten Überfahrt nach Miami bin ich ruhig und sammle meine Gedanken, auch Nancy scheint in ihrer eigenen kleinen Welt zu schwelgen. Im Versuch mich auf einen höllischen Tag einzustellen, ignoriere ich die eingehenden Anrufe und Nachrichten, sobald mein Handy wieder Empfang hat. Ich ordere ein Taxi, das mich am Hafen abholen und zum Tower bringen soll. Um dem ganzen Ärger noch eine Weile zu entgehen, schicke ich meiner Chefin vorerst nur eine Nachricht mit den Worten:

Es tut mir leid, ich erkläre dir alles im Büro. Bitte gib mir noch eine halbe Stunde

Vorläufig trennen sich die Wege von Nancy und mir, als wir von Bord steigen und ich zu dem bereits wartenden Taxi eile. Ich drücke dem Fahrer einen Geldschein in die Hand, der ihm signalisiert, dass er ohne Umwege Gas geben soll.

Gesagt, getan. Wenig später stehen wir vor dem Tower und ich spurte ins Innere. Eine absolute Katastrophe bahnt sich an, denn ich hatte noch nicht mal einen Kaffee. Für gewöhnlich benötige ich den literweise, um überhaupt erst einmal in der realen Welt anzukommen. Heute jedoch hat mir der Adrenalinschub beim Aufwachen so stark zugesetzt, dass ich den ganzen Tag vermutlich ohne Koffein durchstehen werde.

Schnellen Schrittes mache ich mich auf den Weg in die oberen Stockwerke, will mich jedoch erst in saubere Kleidung schmeißen und ein wenig frisch machen. Also strebe ich das vorletzte Geschoss an, in dem wir Wechselklamotten und Waschmöglichkeiten haben. Ich bin ja nicht die Einzige in der Chefetage, die auch mal die Nacht durchmacht.

Meine Locken bändige ich mit einem Haargummi, streiche den Stoff meiner Hose glatt, rücke den Blazer zurecht und steige kurze Zeit später erhobenen Hauptes aus dem

Fahrstuhl. Yaminas Bürotür steht offen und meine Kollegin Nathalie wirft mir einen hasserfüllten Blick zu. Scheinbar hat sie das erste Feuerwerk abbekommen. Ich schlucke Böses ahnend und betrete das Tor zur Hölle. Die *Stimmen* in meinem Kopf beginnen leise beruhigende Musik zu summen, während ich dem Untergang geweiht bin.

Als die Tür hinter mir ins Schloss fällt, wappne ich mich, weil ich gleich den Anschiss meines Lebens kassieren werde. Yaminas Mimik verrät nichts. Sie schaut ernst, beinahe angriffslustig und ich beginne lieber schnell zu reden, ehe sie dazu kommt.

»Bitte hör mich an, bevor du mich rausschmeißt. Es tut mir unendlich leid, dass ich zu spät bin. Aber ich kann genau genommen gar nichts dafür. Ich war gestern aus und wurde von Gene überrascht. Er hat mich auf eine Yacht mitgenommen. Nur wusste ich nicht, dass diese die ganze Nacht durchschippern würde. Als ich heute Morgen vor der Küste Kubas wach wurde, dachte ich mich trifft der Schlag. Zu allem Überfluss hatte ich auch noch keinen Empfang, um dir Bescheid zu geben. Schlussendlich habe ich ein halbes Vermögen für ein Speedboot ausgegeben, damit ich so schnell wie möglich hier sein kann. Bitte verzeih mir, es wird auch nie wieder vorkommen!« Nervös schaue ich Yamina an, doch sie tut das, womit ich am wenigsten gerechnet habe. Sie lächelt. Verwirrt blinzle ich, um sicherzugehen, dass es sich nicht nur um eine optische Täuschung handelt.

»Warum setzt du dich nicht erstmal?«, fragt sie mich und ich zögere.

»Okay. Was ist hier los? Wer bist du und was hast du mit Yamina gemacht?«, frage ich und lasse mich auf den Stuhl ihr gegenüber fallen.

»Nichts ist los, alles bestens um genau zu sein. War die Yacht schön?« Skeptisch beäuge ich meine Chefin.

Was soll das werden? Warum brüllt sie mich nicht einfach an? So wie man es von ihr gewohnt ist.

»Die Yacht ist ein Traum, ein schwimmender Palast.« Yaminas Grinsen wird breiter.

»Das ist toll. Denn sie gehört seit gestern Lucien und mir.« Ich versuche angestrengt zu verarbeiten, was sie mir da gerade gesagt hat.

»Willst du damit andeuten, dass du die ganze Zeit gewusst hast, wo ich war?«

»Ja, selbstverständlich und es ist äußerst nett von dir, dass du Nancy nicht erwähnt hast, um sie zu schützen. Ich habe Gene ganz bewusst darum gebeten sich um dich zu kümmern, weil ich heute Morgen nicht gestört werden wollte.«

»Wie bitte? Gestört, von mir?«

»Sozusagen. Ich hatte einen wichtigen Termin, den ich alleine mit Lucien wahrnehmen wollte. Es ist etwas ganz Privates und diesen Moment wollten wir gemeinsam auskosten.«

Yamina schiebt mir einen Umschlag zu, den ich ergreife und sofort öffne. Was ich darin sehe, haut mich aus den Latschen. Ein Ultraschallbild!

»Oh mein Gott! Süße, das ist ja großartig! Herzlichen Glückwunsch!« Ich springe auf und umarme sie stolz. »Ich freue mich ja so für euch!« Yamina lacht und streichelt sich über den noch nicht vorhandenen Bauch.

»Ich werde bald aussehen wie eine fette, aufgedunsene Qualle. Lucien wird mich dann bestimmt verlassen und sich eine Hübschere suchen.« Ich stimme in ihr Lachen mit ein.

»So ein Quatsch! Meine Güte, hast du mich erschreckt und ich dachte, ich würde heute meinen Job verlieren.«

»Nein meine Liebe, aber ich glaube, du solltest mit Gene reden. Ich habe vorhin mit ihm sprechen können, als er auf Kuba an Land war und sich für den Rückflug nach Miami bereitgehalten hat. Er soll nämlich noch nach einer anderen Unterkunft für meine kleine Familie Ausschau halten. Ich glaube, er war sehr betroffen, dass du ihn so zur Schnecke gemacht hast.«

»Das bedeutet, du hast Gene angeheuert um Immobilien für dich zu organisieren? Warum habe ich davon nichts mitbekommen?«

»Tja, du weißt vieles, aber eben auch nicht alles.«

»Ja, es scheint so. Aber nun gibt es ja einiges zu tun. Wisst ihr denn schon, wann es so weit ist? Wann wollt ihr es bekannt geben? Du kannst doch unmöglich alle Termine auf der Fashion Week wahrnehmen, jetzt da du schwanger bist!« Panik keimt in mir auf. Diese Schwangerschaft bringt mich ins Grab, ich weiß es jetzt schon. So viele Änderungen, die mir bereits im Kopf herumschwirren, müssen organisiert werden.

»So ein Blödsinn, ich bin nur schwanger und nicht krank. Ende April soll es so weit sein.«

»Ja das schon, aber willst du dir und dem Baby diesen Stress wirklich antun? Oh je, ich sehe schon, da kommt noch einiges auf uns zu.«

»Mach dir nicht zu viele Gedanken, Carmen. Mir reicht es schon, dass Lucien völlig ausflippt.« Meine Chefin lacht und verdreht die Augen. »Der Arzt meinte, ich solle alles machen, so wie bisher. Natürlich etwas mäßiger, was ja klar ist. Alles Weitere sehen wir, wenn ich wieder zur Untersuchung muss. Oh, Himmel. Ich kann es selbst kaum glauben. Ausgerechnet ich bekomme ein Baby.« Sie schüttelt schmunzelnd den Kopf und ich betrachte noch einmal das Ultraschallbild, auf dem noch nicht sonderlich viel zu erkennen ist.

»Du wirst eine tolle Mama sein. Lass es mich wissen, wenn du etwas brauchst. Ich mache mich dann endlich mal an die Arbeit.« Yamina nickt mir zu, als ich ihr den Umschlag zurückgebe und ich beschließe für mich, Gene sofort eine Nachricht zu schicken. Der arme Kerl hat es doch nur gut gemeint und ich habe ihn so angefahren.

Eilig hüpfe ich hinter meinen Schreibtisch und schicke ihm eine SMS, da er ja laut Yamina momentan im Flieger sitzt. Hoffentlich meldet er sich, sobald er meine Entschuldigung liest. Ich bin aber auch so ein Idiot. Fluchend tippe ich auf meiner Computertastatur herum und ernte ein hämisches Grinsen von Nathalie. Vermutlich denkt sie, ich hätte tatsächlich eine Standpauke erhalten.

»Was ist, hast du nichts zu tun?«, fahre ich sie an und lasse ein bisschen den Boss raushängen. Immerhin ist sie mittlerweile MIR unterstellt und nicht umgekehrt. »Schick mir lieber mal die Anfragen der Designer, die Yamina auf ihren Partys in New York sehen wollen. Da werden wir einiges stornieren müssen. Das wird dann deine Aufgabe sein, meine Liebe.« Nun werfe ich ihr ein süffisantes Lächeln an den Kopf und widme mich wieder meinem Monitor.

Nah und doch so fern

Erst weit nachdem alle anderen den Tower verlassen haben, fahre ich den Laptop herunter und werfe einen Blick auf mein privates Handy. Außer ein paar Nachrichten von meiner Mutter, die sich wieder einmal nur beschwert, weil ich mich nicht melde, ist nichts anderes eingegangen. Ein kleiner Stich in der Magengegend signalisiert mir, dass es mich traurig macht, da noch immer keine Antwort von Gene eingetrudelt ist. Wie konnte ich auch annehmen, dass er sich mit ein paar Floskeln abspeisen lässt und bei mir auf der Matte steht? Männer haben eben auch ihren Stolz. Während sich die *Stimmen* in meinem Kopf einen Schlagabtausch liefern, wie bescheuert ich eigentlich bin, so einen Kerl einfach abzuservieren, öffnen sich die Fahrstuhltüren. Haben Yamina oder Nathalie vielleicht etwas vergessen? Ich greife nach meiner Handtasche, da ich ja sowieso vorhabe zu gehen und luge um die Ecke in Richtung des Aufzuges. Niemand befindet sich darin, was mir ein mulmiges Gefühl durch den Körper jagt. Vorsichtig nähere ich mich dem Lift und kann, je näher ich komme, einen auf dessen Boden liegenden Brief erkennen. Skeptisch hebe ich den Umschlag auf und öffne ihn. Mein Herz pocht wild als ich die Karte herausnehme und beginne zu lesen. Es ist eine Einladung zu einer exklusiven Vorstellung, die mich laut auflachen lässt.

VIP Ticket - MAGIC GENE XXL Show - heute Abend neun Uhr an einem Ort deiner Wahl.

Ich bin erleichtert, denn das bedeutet, dass Gene mir nicht mehr böse ist. Außerdem muss er sich noch irgendwo im Gebäude aufhalten, wobei es mir ein Rätsel ist, wie er überhaupt hereingekommen ist.

Die Sicherheitsvorkehrungen bestehen weiterhin, auch wenn Yamina nun schon seit über zwei Jahren keine Maske mehr trägt. Wahrscheinlich steckt sie auch wieder dahinter. Sicher wartet er im Foyer, weshalb ich mich auf den Weg mache und die Taste für das Erdgeschoss betätige. Nervös werfe ich einen Blick in den Spiegel des Fahrstuhls und prüfe mein Erscheinungsbild, das nach dem langen Arbeitstag schon etwas beeinträchtigt ist. Ich löse den Haargummi, sodass mir die langen braunen Locken über die Schultern und den Rücken fallen. Eigentlich hasse ich diese widerspenstigen Dinger, aber den Männern scheint meine Löwenmähne zu gefallen, also lasse ich immer nur die Spitzen schneiden. Tief durchatmend wappne ich mich für den Anblick, der mich jedes Mal wieder beinahe in die Knie zwingt und warte darauf, dass sich die Fahrstuhltüren öffnen.

Wie erwartet steht dort mein Angebeteter, lehnt lässig am schon lange nicht mehr besetzten Empfang und lächelt mir verschmitzt entgegen. Mein Herz schlägt Purzelbäume, während ich dem Blick seiner blauen Augen erliege. Meine Absätze klackern auf dem Marmorfußboden, als ich hinübereile und nur kurz vor ihm zum Stehen komme.

»Hi«, sage ich kurz und bündig. Er mustert mich neugierig. Vermutlich wartet er darauf, dass ich noch etwas von mir gebe. Ich atme tief durch und versuche seinem Blick standzuhalten, weil ich doch eigentlich viel lieber ganz andere Dinge mit ihm machen möchte, als reden. Meine Hände spielen mit seiner Krawatte. Er ist heute wieder als seriöser Immobilienmakler unterwegs und ich freue mich jetzt schon darauf, wenn er seinen Anzug nachher Stück für Stück ablegt. »Es tut mir leid. Ich hatte ja keine Ahnung. Warum hast du nicht einfach gesagt, dass es gar nicht deine Idee war?«

Gene lächelt immer noch und legt eine Hand an meine Wange. Ich schmiege mich an ihn. Genieße die Wärme, die seine Handfläche auf meiner Haut hinterlässt und schließe die Augen. *Weshalb fühlt sich seine Nähe nur so gut an? Was passiert mit uns, wenn ich die Gefühle zulasse? Empfindet er wie ich? Werden wir eine gemeinsame Zukunft haben?* Die *Stimmen* schwirren in meinem Kopf umher, als ich plötzlich Genes Lippen auf meinen spüre.

»Lass uns gehen, Camelie. Ich habe dir eine Vorstellung versprochen, die du so schnell nicht vergessen wirst. Aber zuvor bitte ich dich noch um eine Sache. Glaube mir, ich werde niemals etwas tun, dass dir schaden könnte. Vertrau mir.«

Ich kann gar nicht anders, ich bin überzeugt. Nur durch seine sanfte Stimme und die zarte Berührung hat er es geschafft, dass ich mich völlig auf ihn einlasse. Unglaublich, welche Regungen Gene in mir hervorruft. Nickend folge ich ihm nach draußen. Vor dem Gebäude parkt bereits ein Auto, bei dem es sich vermutlich um einen Mietwagen handelt. Gene hält mir gentlemanlike die Beifahrertür auf, damit ich einsteigen kann und ich schmunzle. Mein Rosenkavalier von der alten Schule. Der Traum-Schwiegersohn, den sich meine Mutter immer für mich gewünscht hat, lässt sich soeben auf dem Fahrersitz nieder und startet den BMW.

»Also, wo soll es hingehen?«, fragt er mich und ich gebe ihm zu verstehen, dass er ins Hotel fahren soll.

»Es ist besser, wenn wir in dein Hotel fahren, da ich keine Lust habe meiner Chefin zu begegnen. Du weißt, die Wände haben Augen und Ohren.« Ich zwinkere ihm zu und lege meine Hand auf seinen Oberschenkel, als er losfährt.

»Warum hast du mir nicht erzählt, dass du einen Job von Yamina angenommen hast?«, will ich wissen und sehe, wie er die Lippen aufeinander presst.

»Es war ihr ausdrücklicher Wunsch, dass ich es vorerst niemandem sage, auch nicht dir. Vermutlich sollte nichts an die Presse durchsickern, keine Ahnung. Und wahrscheinlich wollte sie dir damit auch eine Freude machen.

Immerhin weiß sie, wie es ist, wenn man mehrere tausend Meilen voneinander getrennt ist.« Ich ziehe skeptisch die Augenbrauen in die Höhe.

»Sie wollte mir eine Freude machen? Das müssen die verdammten Hormone sein!« Ich lache und schlage mir sofort die Hand vor den Mund, da ich mir nicht sicher bin, inwieweit Gene eingeweiht ist. Hoffentlich habe ich nun keinen schwerwiegenden Fehler begangen.

»Keine Sorge, ich weiß davon. Streng vertraulich natürlich.« Er zwinkert und ich bin trotzdem etwas beleidigt, weil er es scheinbar vor mir wusste.

»Hast du denn schon eine geeignete Unterkunft für sie gefunden?«

»Du kannst dir sicher denken, dass es sehr schwer ist, Yamina Sanchez' Vorstellungen gerecht zu werden.«

Wieder lache ich und stimme ihm kopfnickend zu.

»Ich besichtige morgen zwei Objekte. Mal sehen, ob sie ihren Anforderungen entsprechen könnten. Ich halte dich ab sofort sicher auf dem Laufenden.«

»Wehe dir, wenn nicht!«, ermahne ich ihn mit erhobenem Zeigefinger, kann mir aber ein Lachen nicht verkneifen. »Ich bin so froh, dass wieder alles in Ordnung ist zwischen uns. Auf einsame Nächte während der New Yorker Fashion Week hätte ich mich nämlich überhaupt nicht gefreut«, füge ich noch hinzu und streichle weiter über seinen Oberschenkel.

»Sei dankbar über deine langen Beine, denn die bringen mich so um den Verstand, dass ich meinen Stolz für einen Moment begraben habe.«

Ich grinse geschmeichelt, als er seinen Wagen vor dem Hotelkomplex zum Stehen bringt. Er beugt sich zu mir herüber und nimmt mein Kinn zwischen Daumen und Zeigefinger. »Ich kann es kaum erwarten, bis sich deine Beine wieder um mich schlingen.«

Oh dieser Mann! In Gedanken sehe ich mich schon mit ihm vorm Altar stehen.

Als seine Lippen auf meine treffen, ist es um mich geschehen. Nancy hatte Recht, ich habe mich verliebt, unwiderruflich, bedingungslos und unsterblich. Die Schmetterlinge oder was auch immer da in meinem Bauch herumschwirrt, lösen Glücksgefühle aus, wie ich sie schon lange nicht mehr verspürt habe. Am liebsten würde ich ihn einfach nur im Arm halten und nie wieder loslassen. Seine Zunge tastet sich behutsam vor, öffnet meine Lippen mit leichtem Druck und neckt meine, die nur darauf wartet zu einem hitzigen Duell herausgefordert zu werden.

Ein dezentes Klopfen an der Autoscheibe unterbricht unsere Liebkosungen und wir schauen zu dem Störenfried, der sich als Hotelangestellter entpuppt. Er deutet, dass wir den nachfolgenden Verkehr behindern und uns bitte beeilen sollen. Gene schaut mich an und prustet los, bevor er aussteigt, dem Angestellten den Autoschlüssel in die Hand drückt und mir aus dem Wagen hilft. Ich versuche galant aus dem Vehicle zu steigen und stolpere direkt in Genes Arme. Er fängt mich geschickt auf, während ich tief einatme, um seinen Duft in mir aufzunehmen und in meinen Gedanken zu verankern. Mit einem schüchternen Augenaufschlag blicke ich ihn an. Ob er auch nur im Entferntesten die gleichen Gefühle für mich hegt, wie ich für ihn?

Er nimmt meine Hand und führt mich wortlos in das Hotelinnere. Handelt es sich um einen Wink des Schicksals, da er im Setai abgestiegen ist? Schließlich wurden doch hier die Grundsteine der Beziehungen von Yamina und Pia gelegt. Die beiden hatten hier ihre Männer zu einem Doppeldate getroffen und sind seit dem zusammen. Ich lächle wohl wissend und lasse mich von Gene leiten. Er zieht mich auf direktem Weg zu den Aufzügen, sodass ich kaum Zeit habe mir das imposante Foyer des Hotels anzusehen.

Mich beschleicht das Gefühl, dass es ihm nicht schnell genug gehen kann, was mich nur umso mehr anheizt. Er begehrt mich, gibt es ein schöneres Kompliment für eine Frau? Ich finde, er macht bis jetzt alles richtig.

Keine fünf Minuten später befinden wir uns in Genes Hotelzimmer. Es ist nicht die Penthousesuite, wie damals bei Yamina, denn dafür fehlt ihm das nötige Kleingeld, aber eine gehobenere Ausstattung hat das kleine Apartment trotzdem. Gene verdient gut, das weiß ich, aber darauf kommt es mir nicht an. Ich verdiene selbst ganz gut und muss mich deshalb nicht von einem anderen Menschen abhängig machen. Für mich spielen andere Prioritäten eine wesentlich größere Rolle.

Während ich in meinen Gedanken versunken bin, schlendere ich durch das geräumige Zimmer. Gedämpft höre ich Genes Stimme, nehme aber nicht wahr, um was es geht. Vermutlich fragt er mich nach einem Drink, also lehne ich pro forma ab, denn ich will die Show vollkommen nüchtern erleben. Vor der großen Fensterfront bleibe ich stehen und blicke hinunter in Richtung Miami Beach. Vor ein paar Jahren hätte ich nie damit gerechnet einmal hier zu stehen. Ich bin stolz darauf, was ich geschafft habe und ein neuer Mann, eine neue Liebe an meiner Seite, wäre das Sahnehäubchen. Nein, die Kirsche auf dem Sahnehäubchen! Ich seufze bei dem Gedanken an eine gemeinsame Zukunft und bemerke Gene erst, als er bereits meinen Nacken küsst.

»Ich gehe davon aus, dass du so in Gedanken versunken warst und nur deshalb mit einem „Nein“ auf meine Frage, welche Musik du hören willst, geantwortet hast.« Seine Stimme ist rau und leise, sein heißer Atem auf meiner Haut verursacht ein angenehmes Gefühl aus wohligen Schauern, die meinen Rücken hinabfahren.

»Tut mir leid. Ich war tatsächlich nicht anwesend.« Entschuldigend lächele ich und lege meinen Kopf etwas auf die Seite, um ihm meinen Hals für noch mehr Küsse darzubieten.

»Verrätst du mir, woran du gedacht hast?«, fragt er und folgt meiner stummen Bitte. Er haucht etliche zarte Lippenbekenntnisse auf die empfindliche Stelle hinter meinem Ohr. Mir fällt es zusehend schwerer, mich auf eine vernünftige Antwort zu konzentrieren. Also bleibe ich lieber ruhig und genieße, was er mit mir anstellt. Eine kleine Weile stehen wir einfach nur vor der Fensterfront und erfreuen uns an der Nähe des anderen.

»Willst du heute wirklich noch deinen Gutschein einlösen, oder kommen wir gleich zum angenehmeren Part des Abends?«, fragt mich Gene neckend und streichelt sanft über meine Bauchseiten.

»Willst du dich etwa vor deinen Pflichten drücken?«

»Nein, ich möchte nur, dass es meiner Frau gut geht. Du machst den Anschein, als würde dir ein bisschen Zärtlichkeit heute weit mehr zusagen, als ein Strip. Aufgeschoben heißt ja nicht aufgehoben«, flüstert er mir ins Ohr, während er meine Locken zur Seite schiebt und gleich wieder ein paar Küsse auf meiner Haut verteilt.

»Du hast ja so Recht. Es ist beängstigend, wie gut du mich durchschaust. Als könntest du ins tiefste Innere meiner Seele blicken, auch wenn du mich nicht direkt ansiehst.« Ohne ein Wort zu sagen, dreht er mich zu sich um und ich versinke augenblicklich in seinen bezaubernden blauen Augen.

»Ich sehe so viel in dir, Camelie. Deshalb weiß ich, was dein Herz begehrt und nur zu gerne möchte ich ihm geben, wonach es verlangt. Aber gib uns noch etwas Zeit, lass uns genau überlegen, wohin uns das Ganze führt. Ich brauche dich, so wie du mich. Das ist mir heute Morgen klar geworden, als du mit dem Boot davon gefahren bist. Ich dachte, ich hätte dich verloren, obwohl wir noch gar keine richtige Beziehung führen oder?« Ich nicke zustimmend.

»Aber es fühlt sich so an.«

Dieses Mal bestätigt Gene meine Aussage mit einem Kopfnicken und lächelt.

»Genau, es fühlt sich richtig an. Ich wünschte, wir hätten mehr Zeit zusammen, aber das haben unsere Jobs bisher nicht zugelassen. Aus diesem Grund bin ich froh, dass ich den Auftrag von Yamina ergattern konnte, so werde ich immer in deiner Nähe sein«

»Okay, genug geredet. Wenn du auch nur noch ein Wort von dir gibst, vernasche ich dich hier auf der Stelle.«

»Ist das eine Drohung oder ein Versprechen?«, fragt mich Gene mit einem provokanten Grinsen.

»Das wird dir gleich vergehen!«, prophezeie ich und beginne ihn langsam zu entkleiden. Als ich bei seiner Hose ankomme, lächle ich ihm verschwörerisch zu und sinke vor ihm auf die Knie. Gene flucht leise, als ihm bewusst wird, was ich vorhabe. *Oh ja, Baby. Dieser Blowjob wird dir den Verstand rauben,* melden sich die *Stimmen* und ich befreie ihn von seiner restlichen Garderobe.

»So war das aber nicht geplant«, gibt er leise zu bedenken und ich muss mich zusammenreißen, um nicht laut loszulachen.

»Ich glaube, es ist schon längst überfällig, dass ich dich einmal verwöhne«, ich lächle ihm zu, bevor ich mich gänzlich seiner beachtlichen Erektion widme. Meine Hände gleiten zärtlich über seinen Schaft, bewegen sich langsam auf und ab, während ich vorsichtig meine Zunge um seine empfindliche Spitze kreisen lasse. Er stöhnt unter meinen Liebkosungen auf, was mir sowohl einen angenehmen Schauer über den Rücken jagt, mich vor allem jedoch ermutigt ihm noch mehr Vergnügen zu bereiten. Sanft umschließe ich seine weiche Eichel mit meinen Lippen und bin berauscht von seiner

Erregung. Trotz meiner unterwürfigen Haltung bin ich diejenige, die ihn in diesen Zustand der Ekstase versetzt. Ich besitze die Macht seinen Höhepunkt zu kontrollieren. Meine Bewegungen werden schneller und härter, denn ich will ihn an seine Grenzen bringen. Er soll sich mir bedingungslos hingeben.

Seine Hände krallen sich in meine Haare, seine Augen sind geschlossen, während er vollkommen genießt, was ich mit ihm mache.

»Camelie, wenn du nicht aufhörst, garantiere ich für nichts«, bringt Gene gequält hervor und ich weiß, dass ich ihn fast so weit habe. Nein, diesen Triumph werde ich auskosten, danach wird er mir aus der Hand fressen.

Unbeirrt verfolge ich mein Ziel, bis er sich wenig später in meinen Mund ergießt.

Als wir anschließend im Bett liegen kuschelt er sich an mich und ich glaube, mein Glück kaum fassen zu können. Sanft streichle ich über den Arm, welchen er um mich geschlungen hat und lausche seiner Atmung.

»Ich weiß, ich wiederhole mich, aber ich bin so froh, dass Yamina mir durch ihren Auftrag die Möglichkeit gegeben hat, bei dir zu sein«, flüstert er mir ins Ohr und küsst meine Schulter.

»Ach von mir aus kannst du das ruhig öfter sagen. Denn das bedeutet ja nur, dass du gerne in meiner Nähe bist«, antworte ich und bin erleichtert, dass man in der Dunkelheit mein dümmliches Grinsen nicht sehen kann. Gene lacht leise und vergräbt sein Gesicht in meinen Haaren.

»Du riechst so gut. Ich kann gar nicht genug von dir bekommen.«

Doch gerade, als ich darauf reagieren will, klingelt sein Handy. Er dreht sich genervt von mir weg und schaltet die Nachttischlampe ein.

»Wer in Teufels Namen, will um diese unchristliche Zeit noch etwas von mir?«, flucht er und nimmt das Gespräch entgegen.

»Matthew, was gibt es denn?«, fragt er und ich horche auf. Was kann denn sein Arbeitskollege jetzt noch wollen? »Wie bitte, wer hat dich angerufen?« Leider kann ich nicht verstehen, was Matthew antwortet, aber Gene wirkt sichtlich angespannt. »Bist du sicher? Ich meine, was hat sie genau gesagt?« Wieder Stille. »Das ist unmöglich. Wann und wo? Fuck, das kann ich gerade überhaupt nicht gebrauchen.« Gene wendet sich mit einem zerknirschten Blick zu mir um. »Ja, ich werde da sein.« Damit beendet er das Gespräch und ich setze mich auf. Sanft lasse ich meine Hand über seine Schulter gleiten und hoffe, dass er von sich aus mit der Sprache herausrückt. Gene seufzt und fährt sich mit der Hand über das Gesicht.

»Eine Hiobsbotschaft. Mehr kann ich dir noch nicht sagen. Lass uns versuchen zu schlafen, wir müssen morgen früh raus«, lenkt er vom Thema ab und ich habe das Gefühl, dass dieses Telefonat nichts Gutes zu bedeuten hat. Auch in Bezug auf uns beide.

Ich liege noch lange wach und überlege, um was es in dieser Diskussion gegangen sein könnte. Auch Gene ist noch munter, er versucht sich zwar schlafend zu stellen, aber dafür wälzt er sich, für meinen Geschmack, etwas zu häufig hin und her. Warum nur fühlt es sich so an, als hätte er sich nach diesem Telefonat meilenweit von mir entfernt?

Eiskalt

Der Weg zur Arbeit kommt mir heute unendlich lang vor. Gene fährt mich zum Tower und die Stimmung könnte nicht eisiger sein. Er wirkt abwesend und distanziert. Man könnte meinen, das Ereignis des gestrigen Abends habe einen Schalter bei ihm umgelegt. Nichts von dem einfühlsamen Mann ist mehr zu erkennen und nun frage ich mich, ob es vielleicht an mir liegt? Habe ich etwas falsch gemacht? Warum redet er nicht mit mir? Sein Schweigen macht mich wahnsinnig.

»Wir sind da.« Ich zucke zusammen. Seine Stimme klingt barsch, durchbricht die Stille, wie ein Feuerwerk. Ich fühle mich nicht mehr willkommen und steige ohne ein weiteres Wort aus. Wenn ich nicht erwünscht bin, dann soll er mich gern haben. Wer nicht von alleine zu mir kommt und sich öffnet, hat Pech gehabt. Für solch einen Kinderkram habe ich keine Zeit. Wenn das seine Art ist, mir eine Retourkutsche zu erteilen für den Vorfall auf der Yacht, dann ist er bei mir an der falschen Adresse. Wütend knalle ich die Tür des Wagens mit einer Portion extra Schwung zu und gehe, ohne mich noch einmal umzudrehen, auf das Bürogebäude zu, in dem ich arbeite. Wahrscheinlich hat er nicht einmal wahrgenommen, dass keine Verabschiedung zwischen uns stattgefunden hat. Frustriert stelle ich mich auf einen langwierigen Arbeitstag ein. Nathalie wird heute keine Freude mit mir haben. Meine Laune ist auf dem absoluten Nullpunkt angekommen und die *Stimmen* summen bereits die Melodie von Halloween. Man sollte mir also besser nicht zu nahe kommen.

Indes ich in der obersten Etage ankomme, werfe ich meine Tasche voller Elan auf den Schreibtisch und stapfe zur Kaffeemaschine. Außer mir ist noch keiner im Büro, was mich dazu veranlasst, lauthals vor mich hinzufluchen.

»Wie kann er mir nur so etwas antun? Mich einfach so stehen lassen, wie eine billige N ...« Der Rest bleibt mir im Hals stecken, weil Yamina soeben aus dem Aufzug steigt. Ich will sie auf keinen Fall beunruhigen und schon gar nicht Gene um seinen Job bringen. Wenn ich ihn jetzt bei ihr anschwärze, entzieht sie ihm sicher die Aufträge. Nein, dafür möchte ich nicht verantwortlich sein, auch wenn ich gerade allen Grund dazu hätte.

»Guten Morgen, Yamina. Wie geht es dir? Heute schon so früh?«, versuche ich abzulenken und bereite nun als Erstes ihren Kaffee zu, bevor ich mir meinen genehmige.

»Darfst du eigentlich noch Kaffee trinken? Das habe ich dich noch gar nicht gefragt. Du solltest mir dringend eine Liste schicken, was du nun essen und trinken darfst und was nicht.«

»Kaffee ist durchaus in Maßen erlaubt und ich werde mich weiterhin ganz gewohnt ernähren. Vielleicht ab und an etwas mehr Obst und Gemüse, aber ansonsten war doch nichts falsch an meinem Essensplan?« Sie wirkt verwirrt und nimmt dankend den Kaffee entgegen, bevor sie in ihr Büro stolziert.

»Würdest du mir bitte einen Gefallen tun? Bemuttere mich nicht. Lucien hat es sich bereits zur Aufgabe gemacht mich zu umsorgen und in Watte zu packen. Ein Wunder, dass ich noch zur Arbeit gehen darf und das in High Heels!« Yamina schlägt die Hände vor das Gesicht.

»Das halte ich keine neun Monate aus! So sehr ich ihn auch liebe, aber das mache ich nicht mit! Hast du eine Idee, was man mit hysterischen Ehemännern anstellt, um sie zu besänftigen?«, fragt sie mich und ich breche in schallendes Gelächter aus.

»Sorry, ich habe nicht einmal die Ledigen im Griff, da werde ich dir sicher keine große Hilfe sein.«

»Bin ich froh, dass er bei der Fashion Week nicht immer dabei sein wird. Das bedeutet, dass ich wenigstens ein paar kleine Verschnaufpausen haben werde.«

»Das klingt doch schon mal vielversprechend. Möchtest du dann deinen Terminplan für heute durchgehen?«, will ich wissen und nippe an meinem Kaffee.

»Ja gerne, viel kann das ja nicht sein. Immerhin sind Lucien und ich nachher mit Gene verabredet. Er möchte uns zwei mögliche Objekte zeigen.« Yamina grinst und tippt auf ihrer Tastatur herum. »Ich bin schon wahnsinnig aufgeregt. Meinen Eltern gefiel es gar nicht, dass ich die Villa verkaufen will. Aber ich möchte ein neues Zuhause für meine kleine Familie. Ist das verwerflich?«

»Keineswegs. Immerhin könnt ihr es euch ja erlauben«, fege ich die Bedenken vom Tisch. Na wunderbar, dann werde ich *Mister Ungehobelt* heute noch einmal zu Gesicht bekommen. Ich bin gespannt, ob er eine Entschuldigung parat hat.

»Du wirst doch mitkommen, oder? Über deine Meinung würde ich mich sehr freuen.«

Ich runzle die Stirn. Eigentlich habe ich einen beachtlichen Stapel an Unterlagen auf meinem Schreibtisch liegen. Von meinen virtuellen Stapeln ganz zu schweigen. Aber was macht man nicht alles für seine Chefin.

Moment, ich korrigiere.: Für seine schwangere Chefin.

»In Ordnung, aber danach muss ich wirklich wieder ins Büro zurück und bis dahin sollte ich mich auch an die Arbeit machen. Du hast zunächst zwei Termine: Eine Videokonferenz mit einem Veranstalter der Fashion Week, der sich für ComStyle interessiert. Und anschließend möchte ein Lieferant mit dir verhandeln, was die Sanchez Stores betrifft. Genaueres habe ich dir bereits per Mail geschickt. Wenn du

Fragen hast, weißt du ja, wo du mich findest.« Lächelnd verlasse ich ihr Büro und organisiere mir auf dem Weg zu meinem Schreibtisch eine weitere Ladung Koffein. Ohne die tägliche Dosis werde ich den Morgen sonst wohl kaum überstehen.

Gerade an meinen Platz angekommen tauche ich auch schon ab in die Welt voller Mode. Organisieren, Telefonieren, Koordinieren. All das gehört zu meinen Aufgaben. Zwischendurch bleibt kaum Zeit um eine Kleinigkeit zu essen und so bin ich dankbar, als Yamina Nathalie losschickt, etwas zu besorgen. So weiß ich, dass auch für mich etwas abfällt.

Bei all dem Stress bemerke ich es beinahe gar nicht, dass es schon nach Mittag ist und ich Gene somit für den halben Tag aus meinen Gedanken verbannen konnte. Eine gelungene Leistung würde ich das nennen. Zufrieden wimmle ich den letzten Anrufer ab und verschnaufe einen Moment. Ich checke gerade meine privaten Nachrichten, als mein Telefon klingelt. Die Nummer kommt mir bekannt vor und ich hebe ab.

»Sanchez Corp. Mein Name ist Carmen Kerr, was kann ich für Sie tun?«

»Camelie, ich bin es, Gene. Ich bin gegen siebzehn Uhr bei euch im Büro. Leider schaffe ich es nicht früher, ich muss mit Yamina sprechen, bevor sie den Besichtigungstermin wahrnehmen kann.«

Oh mein Gott. Es ist Gene. Seine Stimme lässt mich ins Schwärmen geraten. Wie auch nicht? Er hat mich Camelie genannt, das heißt wohl, dass er wieder besser aufgelegt ist. Bestimmt wird er sich entschuldigen, wenn er nachher hier auftaucht.

»Hast du das verstanden? Es ist wichtig, dass du sie über meine Verspätung informierst.«

»Natürlich«, gebe ich knapp zurück. Er soll nicht glauben bereits aus dem Schneider zu sein. Ich lege auf und schreibe ein kurzes Memo an Yamina, weil Genes Termin sich auf später verschiebt. Vielleicht kann ich ja so noch ein paar andere Termine vorziehen, die sie ursprünglich morgen gehabt hätte. Schon beginnt mein Kopf wieder zu rauchen, während ich in das Sandwich beiße, das Nathalie mir vor einer Weile gebracht hat.

Ich bin völlig vertieft in meine Arbeit, nehme nichts um mich herum wahr. Es gibt nur noch mich, das Telefon, die Tastatur und den Bildschirm vor meiner Nase. Ich spreche gerade die Termine mit Luciens Assistenten ab, damit wir keine von ihm und Yamina doppelt besetzen, als jemand über meinen Monitor linst. Diese blauen Augen! Sie lassen mich plötzlich sämtliche Wörter vergessen, die ich sagen wollte, demnach stammle ich nur noch wirres Zeug vor mich hin. Ich entschuldige mich bei Henry und verspreche mich später zu melden, bevor ich das Headset beiseitelege.

»Gene, da bist du ja schon.«

»Schon ist gut, ich bin sogar ein paar Minuten zu spät. Leider.« Er lächelt entschuldigend.

»Heb dir das lieber für meine Chefin auf, ich sag ihr Bescheid, dass du da bist.« Ich richte mich auf und schlendere an ihm vorbei in Richtung Yaminas Büro. Während ich ihn passiere, schließe ich die Augen und verinnerliche seinen Duft. Das betörende Parfum zwingt mich beinahe in die Knie und ich muss mich wirklich zusammenreißen, um nicht sofort über ihn herzufallen. Wie kann man nur so unverschämt gut aussehen und noch dazu so riechen?

Ich klopfe an Yaminas Tür und trete vorsichtig ein. Sie hebt ihren Blick und ich nicke.

»Gene ist da, soll ich ihn reinschicken?«

»Lass ihn lieber noch ein paar Minuten zappeln. Ihm soll klar werden, was es bedeutet mich warten zu lassen!« Sie wendet sich wieder ihrem PC zu und ich verlasse schweigend ihr Reich. War ja zu erwarten, dass sie das nicht billigt. Ich seufze und deute Gene mit einem Kopfnicken, dass er es sich auf der Sitzgruppe bequem machen soll.

»Nathalie, bring bitte Mister Connors einen Kaffee«, weise ich sie an und nehme meine Arbeit wieder auf. Doch ich komme gar nicht dazu mich zu setzen, als Gene plötzlich vor mir steht. Er scheint Nathalies Abwesenheit nutzen zu wollen, um ein Gespräch mit mir zu beginnen.

»Camelie, bitte hör mir zu. Ich kann dir das alles erklären. Aber ich muss erst etwas in Ordnung bringen. Vertrau mir. Du bist die Eine«, flüstert er und ich schlucke schwerfällig. Kann ich das? Kann ich warten, auf was auch immer? Was ist es, das er verheimlicht? Warum soll ich ihm glauben, wenn er mir scheinbar noch nicht einmal über den Weg traut. Ich schüttle energisch den Kopf.

»Ich habe noch einen Haufen Arbeit vor mir, Gene. Außerdem muss ich euch auch noch begleiten, obwohl ich weitaus wichtigere Dinge zu erledigen hätte. Jetzt setz dich bitte, ich sage dir Bescheid, wenn Yamina Zeit für dich hat.« Mit diesen Worten verschanze ich mich hinter dem Schreibtisch und wähle erneut Henrys Nummer.

Am Ende des Gespräches erfahre ich noch von einem wichtigen Geschäftsessen mit einem Sponsor, dem Lucien heute Abend kurzfristig beiwohnen muss. Das bedeutet, dann wohl, dass er bei den Besichtigungen nicht mit dabei sein kann. Ich ahne Schlimmes. Dafür wird sie Gene das Fell über die Ohren ziehen, denn nur seinetwegen haben sich sämtliche Termine nach hinten verschoben. Ich maile Yamina die soeben gewonnene Kenntnis und erhalte prompt die Antwort, dass ich Gene zu ihr schicken soll. Natürlich gebe ich den Befehl sogleich an ihn weiter und wünsche mir insgeheim das erste Mal an diesem Nachmittag bei dieser Unterhaltung anwesend sein zu können. Ich schaue ihm kurz hinterher, bis er die Tür schließt und lehne mich in meinem

Stuhl zurück. Hoffentlich dauert die Besichtigung nicht so lange, damit ich das heutige Pensum noch aufarbeiten kann, denn ich bin bereits jetzt schon total geschlaucht.

Das Gespräch dauert dann doch länger, als ich erwartet habe und so schaue ich nervös auf meine Uhr, bevor ich mich aufrichte und schon einmal meine Sachen zusammenpacke. Ich will fertig sein, wenn es losgeht, damit niemand auf mich warten muss.

Keine Minute später öffnet sich die Tür und Yamina in Begleitung von Gene tritt heraus. Er wirkt angespannt, sie nachdenklich. Nicht das, womit ich gerechnet habe. Aber ich lasse mir nichts anmerken.

»Können wir dann schon?«, frage ich sie und greife nach meiner Handtasche.

»Mehr oder weniger«, meint Yamina und folgt mir zum Fahrstuhl. »Gene wird uns nicht begleiten. Sein Kollege übernimmt diese Aufgabe, weil er noch etwas Wichtiges zu erledigen hat.«

Ich blicke entgeistert von Gene zu meiner Chefin. Ernsthaft? Ihr hat er es erzählt? Und den Mumm mir zu sagen, dass er nicht mitkommen wird, hat er nicht? Enttäuscht steige ich in den Lift und schweige betreten. Auch Gene unternimmt nichts, um mich zu besänftigen. Also gehe ich davon aus, dass er auch kein Interesse daran hat, das zwischen uns wieder in Ordnung zu bringen.

Als er sich in der Tiefgarage verabschiedet, steige ich mit Yamina in einen ihrer Wagen, gebe die Adresse ins Navigationsgerät ein und starte das Ungetüm.

»Willst du darüber reden?«, fragt sie mich und ich überlege, was ich ihr wohl sagen könnte. Auf der einen Seite ist sie natürlich meine Chefin, aber auf der anderen auch eine sehr gute Freundin. Zumal sie ja sowieso weiß, was zwischen Gene und mir los ist. Gequält seufzend fahre ich mir durch die Haare.

»Ich habe keine Ahnung was los ist, Yamina. Bis gestern Abend war alles in Ordnung. Es war perfekt, um genau zu sein. Er hat mir meinen Ausraster verziehen und wir haben einen wirklich wundervollen Abend miteinander verbracht. Aber dann gab es einen Anruf, der alles veränderte. Schlagartig war ich abgeschrieben. Er hat sich total merkwürdig verhalten und wollte auch nicht mit mir darüber sprechen. Ich weiß also nicht einmal, was los ist. Er redet davon, dass ich ihm vertrauen soll. Bla, bla, bla. Und dann erzählt er dir, was passiert ist?« Ich schüttle den Kopf, weil ich dafür immer noch kein Verständnis aufbringen kann.

»Hör zu, ich habe ihm mein Wort gegeben, dir nichts zu sagen. Ich kann dir nur so viel verraten. Er hat wirklich einen verdammt guten Grund und er wird es dir auch mit Sicherheit schonend beibringen, aber so etwas sollte man nicht zwischen Tür und Angel erledigen. Verstehst du? Dieses Ereignis wird eure Beziehung auf eine ganz andere Ebene heben. Es wird nicht einfach werden, aber wenn du an euch glaubst, dann werdet ihr das gemeinsam schaffen.«

Na toll. Yamina spricht in Rätseln und ich gucke dumm aus der Wäsche. Das ist mir alles zu hoch, ich weiß schon gar nicht mehr, was ich noch denken soll. Aber es hilft ja nichts. Nun werden wir die Führungen durch die möglichen neuen Unterkünfte des Sanchez/West Clans eben nur mit Matthew hinter uns bringen. Ich beschließe zum Thema Gene nichts weiter zu sagen und steige mit Yamina aus dem Aston Martin, nachdem wir ein Tor und die dazu gehörige Auffahrt passiert haben. Das potenzielle neue Heim kann sich sehen lassen und spielt in einer ähnlichen Liga, wie Yaminas jetzige Villa. Ich bin gespannt, ob Matthew ihr das verkaufen kann, denn ich fürchte nämlich, dass Gene die deutlich besseren Verkaufsstrategien auf Lager hat. Wir erklimmen ein paar Treppenstufen und ich klopfe an die imposante Eingangstüre.

Das Ende

Da uns niemand öffnet, beschließen wir einfach einzutreten. Immerhin hat Yamina einen Termin, dann wird Matthew wahrscheinlich drinnen, oder ganz und gar im Garten hinter dem Haus auf uns warten.

»Wow, sehr imposant alles. Das ist ja noch größer als in deiner bisherigen Villa. Wolltest du dich nicht verkleinern?«, frage ich sie und mustere die ausladenden Treppen, die mich an den Film Titanic erinnern, als Jack seine Rose zum Dinner trifft. »Und vielleicht auch etwas altbacken? Also ich meine, es ist schön, aber doch gar nicht dein Stil.« Yamina sieht sich um und wiegt den Kopf hin und her.

»So ist das eben, wenn man nicht neu baut, muss man investieren, um es nach dem eigenen Ermessen zu gestalten.« Sie geht in den nächsten Raum, der wohl das Wohnzimmer sein muss und stößt einen ohrenbetäubenden Schrei aus.

»Was ist denn los?«, will ich wissen und eile zu ihr. Sie steht wie versteinert im Zimmer und starrt auf Matthew. Ich runzle die Stirn, doch bevor ich noch etwas sagen kann, ergreift er das Wort.

»Yamina, es ist mir eine Ehre, dich wiederzusehen.« Sein Lächeln wirkt provokant und ich bin vollends verwirrt. Die beiden kennen sich?

»Carmen, wir müssen ganz schnell von hier verschwinden, sonst nimmt das kein gutes Ende«, sagt Yamina energisch, scheinbar wieder aus ihrem Schockzustand erwacht. Sie geht langsam rückwärts und lässt Matthew nicht aus den Augen.

»Was ist denn auf einmal los?«, frage ich und bekomme nur Matthews Lachen als Antwort.

»Ich hätte es mir durchaus schwerer vorgestellt, dich wiederzutreffen«, sagt er an Yamina gerichtet. Langsam fügen sich auch aus meinen Erinnerungen die Puzzleteile zusammen. Als ich bei Sanchez begonnen hatte zu arbeiten, gab es einen Vorfall, in den ein gewisser Matthew verstrickt war. Meinem Wissen nach sollte dieser zwar hinter Gittern sitzen, trotzdem scheint es die einzige logische Erklärung zu sein, dass es sich um jenen Mann handeln muss.

»Ich glaube, ihr solltet euch erst einmal setzen.« Matthew deutet auf die Couch inmitten des Raumes, doch Yamina macht keine Anstalten, seiner Bitte zu folgen.

»Du warst schon immer ein Sturkopf«, meint Matthew und greift neben sich, öffnet die Schublade des Schränkchens, das neben dem Kamin steht und holt eine Pistole hervor.

»Ich hatte eigentlich gehofft, dass ich davon keinen Gebrauch machen muss, aber du lässt mir ja keine andere Wahl.« Um seinen Worten Nachdruck zu verleihen, richtet er nun den Lauf der Waffe auf uns und ich bleibe wie erstarrt stehen, so dass Yamina, während sie weiter rückwärtsgeht, gegen mich stößt.

»Lass dich von ihm nicht verunsichern, geh weiter. Er wird uns nichts tun«, murmelt sie mir leise zu, doch ich kann mich nicht rühren. Wieso ist sie sich sicher? Ich glaube kaum, dass er uns einfach so abhauen lässt. Scheinbar hat er dieses Zusammentreffen schon lange geplant. Erst jetzt wird mir klar, dass diese Begegnung zwischen ihm und mir am Flughafen in New York kein Zufall gewesen sein kann. Er wollte sich mein Vertrauen erschleichen und hat es natürlich geschafft, dass ich die sonst für mich typische Skepsis über Bord geworfen habe, indem er sich als Genes Arbeitskollege getarnt hatte. Oh Gott, er hat sogar die arme Nancy hintergangen, nur um an Yamina ranzukommen. Aber was hat er vor? Meine Chefin resigniert nun auch, da sie sieht, dass ich immer noch keine Anstalten mache ihren Worten zu folgen.

Achtsam geht sie wieder vorwärts in Richtung der Couch, auf die Matthew gezeigt hat.

»Na siehst du, so schwer war das doch gar nicht«, säuselt er lächelnd und ich folge ihrem Beispiel. »Ich hoffe, die Damen nehmen es mir nicht übel, aber ich muss eure Hände und Füße sichern, damit ihr mich nicht übers Ohr haut.« Während er die Worte ausspricht, kommt er mit Seilen und Kabelbindern zu uns herüber.

»Ist das dein Ernst? Hast du zu viel Fifty Shades gelesen?«, fragt ihn Yamina spöttisch und kassiert einen bösen Blick.

»An deiner Stelle wäre ich nicht so vorlaut. Ich habe einiges mit dir vor.«

»Hast du denn noch immer nichts dazu gelernt im Knast? Wie bist du da überhaupt schon rausgekommen?«

»Oh, ich habe dort sogar einiges gelernt, vor allem wie man genau beobachtet und sich so einen Vorteil bei den Beamten verschafft. Dann ist der Weg heraus auch gar nicht mehr so steinig.«

»Was hast du vor? Was willst du? Rache? Geld?« Yamina ist taff wie immer. Was mich in Anbetracht ihrer Umstände nicht gerade zuversichtlich stimmt. Sie riskiert mit ihrer großen Klappe nicht nur unser Leben, sondern auch das ihres Babys. Matthew macht sich mittlerweile an unseren Gelenken zu schaffen und fesselt zuerst unsere Hände.

»Nein, das ist nicht das, was ich will.« Er betrachtet Yamina eingehend. »Ich habe die ganze Zeit darauf gewartet, dass wir uns wiedersehen. Denn alles was ich will, bist du.« Was zum Teufel? Der Kerl ist besessen von ihr? Meine Güte, was finden die nur alle an meiner Chefin? Erst ihr durchgeknallter Assistent und nun einer ihrer ehemaligen Freunde? Nicht, dass ich neidisch auf sie wäre, im Gegenteil, denn es handelt sich hier eindeutig um Psychos, auf die ich liebend gerne verzichten würde. Aber sie ist ein Miststück durch und durch. Gut, seit der Hochzeit mit Lucien eher weniger. Liegt wohl daran, dass sie genug Sex bekommt. Ich muss ein Lachen unterdrücken, es wäre wohl nicht der passende Augenblick, um laut loszuprusten.

»Also ich an deiner Stelle würde Yamina in Ruhe lassen, immerhin ist sie...« Meine Rede wird durch einen Tritt von ihr unterbrochen und ich unterdrücke einen Schmerzensschrei. Scheinbar soll er nicht wissen, dass sie schwanger ist.

»Ernsthaft, du willst mich?« Ihre Gesichtszüge nehmen einen liebevollen Ausdruck an. »Aber wieso hast du mir das damals angetan? Das hat mich wirklich schwer verärgert. Ich weiß nicht, ob ich dir das verzeihen kann.« Matthew seufzt und senkt den Blick.

»Ich weiß, es war ein Fehler, ich hätte es auf eine andere Art versuchen sollen. Ich hätte dir den Respekt entgegen bringen sollen, den du verdient hast, aber ich war so verletzt. Ich bin es noch immer, denn ich kann meine Gefühle für dich nicht abstellen.«

»Wow, das kommt schon ziemlich plötzlich. Ich meine, ich konnte mich ja gar nicht darauf vorbereiten, dass ich dich schon so bald wiedersehe.«

Unwissend, welche Taktik Yamina da gerade anstrebt, bin ich überrascht, aber es scheint zu funktionieren. Matthew hat bisher nur unsere Hände zusammengebunden, als er sich auf den Couchtisch direkt gegenüber setzt. Beinahe zärtlich greift er nach Yaminas Fingern und streichelt sanft darüber.

»Ich weiß, es tut mir leid, dass ich dich so überrumpeln musste, aber ich hatte keine andere Wahl. Ich ahnte bereits, dass ich nicht anders an dich herankomme. Ich musste diesen ungewöhnlichen Weg wählen, aber bitte gib uns eine Chance. Ich liebe dich.« Oh mein Gott, das ist so abgedroschen, was er da abzieht. Ich rolle genervt mit den Augen und räuspere mich.

»Sorry, wenn ich euch unterbreche, aber ich hab da wirklich noch ein paar wichtige Dinge zu erledigen.« Matthew sieht mich entgeistert an, nur um gleich darauf aufzuspringen.

»Hier wird vorerst natürlich keiner arbeiten. Du kannst gerne hier bleiben, aber ich werde mit Yamina nun einen kleinen Spaziergang machen.« Er fesselt nun doch meine Füße und bewegt Yamina dazu aufzustehen. Matthew nimmt uns die Handys ab und geht mit meiner Chefin davon. Was zur Hölle mache ich denn jetzt bitte? Soll ich es riskieren und davonhüpfen, um Hilfe zu holen und hoffen, dass er Yamina nichts tut? Scheiße nein, ich kann sie doch nicht einfach hier zurücklassen. Ich überlege krampfhaft, was ich tun kann, um die Situation zu entschärfen. *Komm schon, dir muss doch etwas einfallen, du bist doch nicht dämlich*. Die *Stimmen* werden lauter, erproben schon den Aufstand, als es mir wie Schuppen von den Augen fällt. Nahe der Eingangstür ist mir die Alarmanlage aufgefallen. Ich muss also nur dorthin und versuchen den Alarmknopf zu betätigen.

Langsam richte ich mich auf, bemühe mich mein Gleichgewicht auf Grund der Fesseln nicht zu verlieren. Warum noch mal habe ich diesen Job angenommen? Ich fluche innerlich und recke meinen Hals, um sicher zu gehen, dass Matthew nirgends zu sehen ist. Fuck!

Mein Herz rast. Was ist, wenn er mich erwischt? Immerhin hat er eine Waffe. Yamina meinte zwar, er würde nichts tun, aber bei solchen Psychos weiß man ja nie. Mir steigen Tränen in die Augen, vor Wut und weil ich solche Angst habe. Wie kann man denn behaupten jemanden zu lieben und ihm dann eine Waffe vor die Nase halten?

Seufzend besinne ich mich und hüpfe in Richtung des Foyers, was sich schwieriger gestaltet, als ich gedacht habe. Kurz halte ich inne, um Luft zu holen und nicht zu straucheln. Am Ende liege ich noch am Boden und komme nicht mehr hoch, das kann ich mir nicht leisten. Ich lehne zum Rasten kurz am Türrahmen zwischen Wohnzimmer und Eingangshalle und atme tief durch. Warum hat Lucien ausgerechnet heute dieses Geschäftsessen?

Mir scheint, als hätte Matthew das alles von langer Hand geplant. Diese ganzen merkwürdigen Zufälle kann es doch gar nicht geben. Verdammt, ich wüsste zu gerne, was gerade draußen vor sich geht. Hoffentlich tut er Yamina nichts. Warum wollte sie, dass ich das Baby nicht erwähne? Ratlos runzle ich die Stirn und beschließe meinen Weg fortzusetzen. Dieses Mal geht es bedeutend besser und ich komme um einiges schneller voran, sodass ich schon bald vor dem kleinen Kästchen an der Eingangstüre stehe. Von hier aus wären es nur ein paar Meter zur Straße, aber ich kann Yamina unmöglich allein zurücklassen. Ich blicke auf die Zahlentastatur der Alarmanlage und gerate in Panik.

Ernsthaft? Dieser scheiß Alarmknopf hat eine Sicherungsklappe? Wie soll man die denn im Notfall, in welchem ich mich befinde, mit zusammengebundenen Händen öffnen? Ich fluche und zetere was das Zeug hält, natürlich immer darauf bedacht, dass mir die nicht jugendfreien Worte etwas leiser, als gewöhnlich über die Lippen kommen, denn ich möchte keine schlafenden Hunde wecken.

In die Hocke gehend, versuche ich mit der Nasenspitze die Klappe nach oben zu schieben, doch so einfach, wie ich mir das vorgestellt habe, ist es nicht. Den Tränen nahe versuche ich es erneut, dieses Mal kann ich sie mit meiner Nase festhalten und prüfe nun, ob ich den Knopf mit der Zunge betätigen kann. Ich bin so froh, dass mich in dieser demütigenden Position niemand sieht, aber noch euphorischer werde ich, als ich merke, dass es klappt. Mit Hilfe meiner Zunge wird der stumme Alarm ausgelöst und nun kommt hoffentlich bald ein verdammtes S.W.A.T Team, das uns hier herausholt. Doch etwas erleichtert mache ich mich auf den

Rückweg. *Es wird Hilfe kommen, uns wird nichts passieren*, rede ich mir ein und hüpfe wie ein Idiot zurück zum Sofa ins Wohnzimmer.

Gerade noch rechtzeitig hechte ich auf die Couch. Die Schritte von Matthew und Yamina sind bereits zu vernehmen und ich schließe die Augen. Mir selbst Mut zusprechend, versuche ich meine Atmung wieder unter Kontrolle zu bringen, als sie auch schon um die Ecke biegen. Yamina sieht blass aus, aber gefasst. Er platziert sie neben mir und fesselt dann ihre Füße.

»Ich werde jetzt den entscheidenden Anruf tätigen und wenn ich zurück bin, machen wir eine kleine Reise. Glaubst du, Lucien wird sich freuen meine Stimme zu hören?«, fragt er allen Ernstes und ich kann über dieses riesige Stück Scheiße nur den Kopf schütteln. Ich hoffe so sehr, dass er gleich seine gerechte Strafe bekommt, wenn die Polizei hier eintrifft. Wartend, bis er sich außer Hörweite befindet, wende ich mich an Yamina.

»Ist alles okay mit dir?«, frage ich sie und bekomme nur ein schwaches Nicken als Antwort. Mist, ich will gar nicht wissen, welche kranken Vorhaben er ihr da draußen prophezeit hat.

»Ich habe den stummen Alarm auslösen können. Es wird alles gut«, versuche ich sie zu beruhigen und halte weiterhin wachsam Ausschau nach Matthew.

»Was hat er dir gesagt? Bitte schweig mich nicht an, das ertrage ich nicht. Wenn es dich einmal so aus den Socken haut, dann muss es echt heftig gewesen sein«, flüstere ich und sehe, wie ihr eine Träne über die Wange rollt. Oh mein Gott, das darf doch nicht wahr sein? Yamina weint nie! Never ever. Was ist passiert? Warum redet niemand mit mir?

»Schaffst du es irgendwie meine Fesseln zu öffnen?«, fragt mich Yamina nach einem Moment und ich überlege angestrengt, wie ich das am besten anstellen könnte, ohne mir dabei die Arme zu brechen.

»Shit, warum hast du mir nie ein Foto von diesem Arsch gezeigt? So hätte ich gewusst, mit wem ich es zu tun habe und wir wären niemals hier gelandet. Es gibt Millionen Matthews in den Staaten, da kann ich doch nicht ahnen, dass es ein und derselbe ist.« Fluchend knie ich mich vor meine Chefin, habe ihr den Rücken zugewandt. Ich werfe einen Blick über meine Schulter, um zu sehen, ob ich die richtige Stelle anpeile. Wie zur Hölle soll ich das hinbekommen? Ich atme tief durch und taste mit meinen zusammengebundenen Händen nach Yaminas Füßen. Hoffentlich schaffe ich es sie loszumachen, bevor er zurückkommt und uns beide umlegen kann. Leicht unter Druck gesetzt fühle ich nach dem Knoten, der so fest ist, dass ich fürchte, ihn nicht öffnen zu können. Ich registriere, wie meine manikürten Fingernägel brechen, während ich an dem Seil zerre. Langsam und Stück für Stück löst sich der Knoten im Strick und ich führe in Gedanken einen Freudentanz auf. Erleichterung macht sich in mir breit. Hoffnung keimt auf, vielleicht schaffen wir es doch lebend hier heraus. Jetzt fehlt nur noch die Rettung von extern, dann kann eigentlich nicht mehr viel schief gehen.

»Verfickte Schlampe!«

Oh, oh. Das ist Matthew und er brüllt wie am Spieß. Scheinbar hat er entdeckt, dass ich die Alarmanlage aktiviert habe. Bevor er im Zimmer ist, hieve ich mich auf die Couch zurück und spekuliere darauf, dass er nicht bemerkt, was ich getan habe. Yamina kann so nun wenigstens zu Fuß flüchten, wenn er einen Moment nicht aufpassen sollte.

»Was soll die Scheiße?«, schreit er mich an, bleibt ein paar Meter vor mir stehen und fuchtelt mit seiner Waffe vor meinem Gesicht herum. Das war also doch keine gute Idee. Meine Augen füllen sich mit Tränen, sodass ich blinzeln muss, um das unangenehme, brennende Gefühl loszuwerden.

»Lass sie in Ruhe Matthew. Du willst mich und nicht sie! Konntest du Lucien erreichen? Wird er deine Forderungen erfüllen?«, versucht sich Yamina einzumischen, doch ich glaube, dass selbst sie nicht mehr zu ihm durchdringen kann. Seine Augen blitzen meinen hasserfüllt entgegen, wobei mir unwiderruflich klar wird, dass mein letztes Stündlein geschlagen hat.

»Ich wusste von Anfang an, dass du ein Problem darstellen wirst«, meint er energisch und richtet nun den Lauf seiner Pistole auf mich. Er entsichert sie, während ich im Augenwinkel eine Bewegung registriere. Oh Gott, Yamina hat doch nicht ernsthaft vor sich dazwischen zu werfen? Sie riskiert nicht nur ihr Leben! In dem Moment, in dem ich ihr zurufen will, stürmt die Polizei den Raum, was Matthew aber nicht davon abhält, den Abzug zu betätigen. Ein ohrenbetäubender Knall erfüllt den Raum.

Das alles geschieht in Bruchteilen von Sekunden, aber ich sehe es nur in Zeitlupe vor meinen Augen ablaufen und alles woran ich denken kann, sind meine Familie und Gene. Kein Zeitraffer, keine Bilder aus meiner Vergangenheit, nichts. Ich fühle nur Angst und Liebe.

Die Kugel ist schneller als Yamina. Gott sei Dank. Ihr und dem Baby passiert also nichts. Die Beamten werden sie bestimmt unversehrt hier herausschaffen können. Ich lächle, während sich der Schmerz in meinem Bauch ausbreitet.

Als ein zweiter Schuss abgefeuert wird, bin ich bereits zusammengesackt. Die Dunkelheit greift nach mir, mit ihren langen Klauen zerrt sie mich in einen tiefen Abgrund. Kein weißes Licht, das mich empfängt, keine Wärme, die mich einhüllt. Das letzte Aufbäumen meines Herzens, ein letzter Atemzug und ein letzter Gedanke.

Gene.

Zurück

Biep. Biep. Biep.
Biep. Biep. Biep.

Der Versuch meine Augen zu öffnen misslingt. Ich höre nur diesen grässlichen Ton der meinen Kopf beinahe zum Explodieren bringt. Wo bin ich nur?

Biep. Biep. Biep. - Wieder versinke ich in der Dunkelheit.

Stille...

Das ist viel besser, als die vorherige Geräuschkulisse. Gedanklich seufze ich, aber sowohl meiner Kehle als auch meinen Lippen entweicht kein Ton. Was zum Teufel ist nur los mit mir? Angestrengt überlege ich, was passiert ist. Die Erinnerungen sind schwammig und nur schemenhaft. Ich sehe Yamina und mich. Wir stehen vor einem Gebäude und gehen hinein.

Dann plötzlich fällt der Schleier und ich erlebe das Geschehene noch einmal. Verdammt, dieser Scheißkerl hat auf mich geschossen.

Bin ich jetzt tot? Liege ich vielleicht unter der Erde, lebendig begraben? Panik breitet sich aus, aber ich kann mich nicht bewegen. Meine Lider sind schwer wie Blei, nicht einmal umsehen kann ich mich. Ein immer lauter werdendes Klackern ist zu vernehmen, dann das Öffnen einer Tür. Das Klackern kommt näher. Ich höre ein Seufzen.

»Hey. Wach auf. Warst du etwa schon wieder die ganze Nacht hier?« Das ist Yaminas Stimme! *Nein, was redest du da, wo soll ich schon sein?,* versuche ich zu sagen, aber es ertönt wieder kein Laut. Plötzlich raschelt es neben mir.

»Ja, sorry. Ich kann hier nicht weg. Verstehst du das nicht?« Gene? Was macht er denn hier?

»Ich verstehe gerade so einiges nicht, was du tust. Im Grunde bin ich hier, um mich zu vergewissern, dass Carmen die bestmögliche Behandlung bekommt, welche sie verdient.« Es geht hier um mich? Bin ich in einem Krankenhaus? Oh Gott, bin ich etwa gelähmt?

»Ich weiß nicht, was ich noch tun soll. Mein Leben sieht momentan auch nicht gerade rosig aus. Ich will sie nicht verlieren. Wir waren doch erst am Anfang von dem, was es hätte werden können.« Yamina schnaubt und ich frage mich, was denn auf einmal los ist? Bei unserem letzten Treffen war er nicht so gefühlvoll.

»Verdammter Heuchler. Du hast doch nur ein schlechtes Gewissen, weil ihr im Streit auseinandergegangen seid. Und jetzt da sie im Koma liegt, glaubst du Reue zeigen zu müssen, indem du Tag und Nacht an ihrem Krankenbett wachst? Was sagt eigentlich deine Frau dazu, dass du nicht bei ihr bist, wie es sich für einen Ehemann gehört?« Was zum Henker?

»Yamina, bitte. Du weißt, dass es nicht so ist, wie du es gerade darstellst.« Mein Herz rast. Gene ist verheiratet? Warum hat er das vor mir verheimlicht? Ich bin nur eine Affäre? Wieder ertönt, das laute Piepen neben mir und droht meinen Schädel zum Bersten zu bringen.

»Scheiße, schon wieder ein Anfall. Ruf den Arzt«, schreit Yamina, während ich wieder in der Dunkelheit versinke.

Als ich das nächste Mal mein Bewusstsein wiedererlange, spüre ich, dass etwas anders ist. Ich kann mich bewegen. Erleichterung macht sich in mir breit. Mühsam öffne ich die Augen. Es ist mehr ein Blinzeln, denn das grelle Licht der Deckenlampe blendet mich. Langsam drehe ich den Kopf zur Seite. Ich befinde mich definitiv in einem Krankhaus, aber ich bin allein. Gene ist nicht hier und auch Yamina ist nirgends zu sehen. Ich seufze und wackle mit den Zehen, um zu sehen, ob auch wirklich noch alles funktionstüchtig ist.

Der Versuch mich aufzusetzen scheitert kläglich, denn ich werde sofort von einem stechenden Schmerz in meinem Oberkörper wieder in die Waagerechte gezwungen. *Heilige Scheiße*, denke ich und hebe meine Bettdecke an. Darunter sehe ich, dass man mir eines dieser extrem hübschen Krankenhausnachthemden verpasst hat. Mit gerunzelter Stirn schiebe ich es nach oben, um einen Blick auf das Ausmaß des Schadens zu erhaschen. Doch außer einem riesigen Verband, der sich rund um meinen Rumpf erstreckt, ist nichts zu sehen. Frustriert schiebe ich den Kittel wieder nach unten und decke mich zu. Wie viel Zeit mag wohl seit dem Vorfall vergangen sein? Hoffentlich kommt bald jemand, der mich aufklären kann. Oder vielleicht sollte ich einfach nach einer Schwester klingeln. Der Rufknopf baumelt über mir an dem Handgriff des Bettgalgens und ich strecke die rechte Hand danach aus, weil die Bewegung weniger schmerzhaft ist, als mit der anderen. Doch bevor ich die Taste betätigen kann, wird die Tür zu meinem Zimmer geöffnet.

Es ist Gene. Als er mich erblickt, weicht jegliche Farbe aus seinem Gesicht und er eilt sofort zu meinem Bett.

»Du bist wach. Wie geht es dir? Kannst du sprechen? Dich bewegen?« Er nimmt meine Hand und streichelt sie. Verdammt, ich hatte noch gar keine Zeit darüber nachzudenken, wie ich ihm gegenübertrete, nachdem ich nun weiß, dass er eine Frau hat. Zumindest glaube ich das. Vielleicht habe ich es auch nur geträumt. Ich schaue ihm in die Augen. Seine Aquamarine haben ihren Glanz verloren, traurig und müde blicken sie mir entgegen. Ich vermisse das Leuchten darin und beschließe spontan ihm selbst die Möglichkeit zu geben mir von seiner Frau zu erzählen. Schließlich gibt es nicht nur das zu klären.

»Ich ...« Es ist mehr ein Krächzen, das meinen Mund verlässt, was Gene veranlasst mir etwas zu Trinken an die Lippen zu halten. Dankbar nippe ich an dem Getränk, bemerke seine zittrige Hand und lege meine sanft darüber. Bei meiner Berührung lächelt er und ein kleiner Funken kehrt in seine blauen Augen zurück. Wenn nicht so viele unausgesprochene Dinge zwischen uns liegen würden, wäre das der perfekte Moment ihn zu küssen. Er stellt das Glas beiseite, während ich mir ein paar Worte zurechtlege.

»Du glaubst gar nicht, wie froh ich bin, dass du zurück bist. Ich habe mir solche Sorgen gemacht. Es tut mir so leid, es ist alles meine Schuld.« Traurig senkt er den Blick und ich verspüre den Drang ihn in die Arme zu nehmen. Er scheint von Gewissensbissen geplagt zu werden, die sich mir noch nicht ganz erklären.

»Erzähl mir, was passiert ist, Gene. Wie lange bin ich schon hier? Wie geht es Yamina?«, frage ich ihn.

»Yamina und dem Baby geht es gut, den Umständen entsprechend eben. Sie hat einen Schock erlitten, trotzdem war sie jeden Tag hier, um nach dir zu sehen.«

»Du bist seit über einer Woche hier. Die Ärzte haben wahre Wunder vollbracht. Du hast viel Blut verloren, von den inneren Verletzungen durch den Bauchschuss will ich gar nicht reden. Es sah schlecht aus. Sehr schlecht. Gestern haben sie dich von der Intensiv auf die normale Station verlegt, da du endlich stabil schienst. Aber du hattest immer wieder Herzflimmern. Es ist ein Wunder, dass du überhaupt aufgewacht bist.«

»Fuck. Wenn ich gewusst hätte, dass dieser Matthew der ist, der Yamina damals gefangen gehalten hat, dann hätte ich sie doch nie dorthin gebracht. Zum Glück hat sie es nicht geschafft, sich zwischen mich und die Kugel zu hechten.« Gene schüttelt den Kopf.

»Nein, es ist meine Schuld, hätte ich ihn nicht eingestellt, wäre es nie so weit gekommen.«

»Aber du wusstest doch auch nicht, wer er ist. Warum machst du dir dann Vorwürfe? Er hätte dann sicher andere Mittel und Wege gefunden an Yamina ranzukommen. Überleg doch mal, wie ausgeklügelt sein Plan gewesen sein muss. Der hätte sich auch etwas anderes einfallen lassen.«

»Wäre ich wie zuvor vereinbart bei dem Termin erschienen, anstelle von ihm, wäre auch nichts passiert.«

»Du wirst schon deine Gründe dafür gehabt haben«, sage ich in der Hoffnung, Gene würde mir erzählen, dass er stattdessen bei seiner Frau gewesen ist. Doch er macht keine Anstalten einen Ehebruch zuzugeben. Stattdessen sacken seine Schultern noch ein wenig mehr nach unten. Wenn ich innerlich nicht so wütend auf ihn wäre, würde ich ihn in den Arm nehmen, aber ich kann diesen Vertrauensbruch nicht einfach so vergessen. Eigentlich weiß ich gerade gar nicht, was ich tun soll. Ich war über eine Woche bewusstlos, wer hat sich um meine Arbeit gekümmert? Es gibt doch so viel zu tun. Mein Schädel brummt, in meinem Hals kratzt es und ich möchte nur noch schlafen. Noch nie habe ich mich so ausgelaugt gefühlt.

»Danke, dass du da warst, Gene. Aber du brauchst kein schlechtes Gewissen haben. Du hattest doch etwas zu erledigen. Mach dir um mich keine Sorgen. Unkraut vergeht nicht.« Ich versuche zu lächeln, bemerke dennoch den traurigen Ausdruck in Genes Augen. »Es tut mir leid, aber wir können nicht einfach da weiter machen, wo wir aufgehört haben. Es ist zu viel passiert. Du vertraust mir nicht, du verschweigst mir etwas und verkriechst dich lieber in deinem Schneckenhaus. Aber das mache ich nicht mit. Entweder wir können über alles reden oder es gibt keine gemeinsame Zukunft für uns«, füge ich noch hinzu und schließe die Augen. Ich möchte ihn nicht mehr sehen. Es schmerzt zu sehr. Beinahe noch mehr, als die Wunde in meinem Bauch. »Geh bitte und komm nicht wieder, es sei denn, du hast vor dein Schweigen zu brechen.« Er zögert einen Moment, bevor er aufsteht und zur Tür geht. Ich gewähre mir noch einen letzten Blick in seine Richtung. Er wirkt geknickt, aber das bin ich auch. Die Hand an der Klinke wendet er sich noch einmal in meine Richtung. Das Flackern der blauen Flamme in seinen Augen ist zurückgekehrt.

»Es ist noch nicht vorbei, Camelie. Dein Lebenswille ist mein Elixier. Dass du zurück bist, bedeutet für mich zu kämpfen, um dich und dein Herz, das unermüdlich schlägt.« Eben jenes macht einen Hüpfer bei seinen Worten. Ja, verdammt. Ich wünschte, es wäre so. Wir schauen uns schweigend an, bevor er sich umdreht und mein Zimmer verlässt. Am liebsten möchte ich schreien. Ihn aufhalten. Aber mein Verstand sagt mir, dass es Zeit braucht, ihm wieder vertrauen zu können. Traurig beschließe ich noch ein Weilchen zu schlafen, dann werde ich mich den Ärzten stellen.

»Sind Sie sicher?«

»Ma'am, hören Sie. Miss Kerr bekommt die bestmögliche Behandlung, was mitunter auch Ihnen zu verdanken ist, aber Sie müssen uns schon vertrauen.«

Ich öffne die Augen. Yamina steht angriffslustig und mit verschränkten Armen vor einem Mann im weißen Kittel. Vermutlich ein Arzt. Ich lächle, denn das sieht ihr wieder verdammt ähnlich.

»Hey«, bringe ich krächzend hervor und habe sofort die uneingeschränkte Aufmerksamkeit der beiden.

»Oh mein Gott. Es stimmt wirklich, was Gene gesagt hat.« Sie schiebt sich an dem Arzt vorbei und beugt sich über mich, um mich vorsichtig in den Arm zu nehmen.

»Du hast mir solche Angst eingejagt! Ich dachte, wir verlieren dich.« Lächelnd tätschle ich ihren Rücken.

»Alles gut. Werd bloß nicht sentimental.«

Sie lacht und hält sich den Bauch.

»Das sind die Hormone«, sagt sie zwinkernd und ich bin mir sicher, dass es nicht so ist. Ein Räuspern unterbricht uns.

»Die Damen mögen entschuldigen, aber ich sollte mir die Patientin dann wohl etwas genauer anschauen.« Yamina erdolcht ihn mit ihren Blicken, macht aber bereitwillig Platz.

»Miss Kerr. Ich bin Doktor Elijah Banks, einer ihrer betreuenden Ärzte. Ich möchte mich nur vergewissern, dass es Ihnen gut geht.«

Oh Baby, wenn ich kein riesiges Loch in meinem Bauch hätte, könntest du alles mit mir machen, denke ich, als ich ihn endlich von Nahem betrachten kann.

»Wenn ich gewusst hätte, dass hier Emergency Room gedreht wird, wäre ich schon eher aufgewacht, Doktor Ross.«

Ein Lächeln umspielt seine Lippen. Er hat meine Anspielung auf sein Aussehen also verstanden. Meine Güte George Clooney würde erblassen vor Neid, wenn er dieses Prachtexemplar hier sehen könnte.

»Das war ja klar, keine zehn Minuten unter den Lebenden und schon hat sie wieder die große Klappe.« Yamina flucht gespielt, kann sich aber ein Lachen doch nicht verkneifen. »Ich habe es vermisst, Süße«, fügt sie noch hinzu und verlässt den Raum. »Dann lasse ich euch mal besser alleine. Doktorspielchen sind nicht so mein Fall.« Grinsend zieht sie die Tür hinter sich zu, während mir Mister Sexy mit einer kleinen Taschenlampe in die Augen leuchtet.

»Wie fühlen Sie sich? Sind Sie in der Lage, sich einigen Tests zu unterziehen?«

»Doktor Ross, wenn Sie mir das Händchen halten.« Ich grinse, schüttle dann aber den Kopf. »Entschuldigen Sie, Doktor Banks. Was ist das für ein Zeug, das Sie mir hier einflößen? Normalerweise rede ich nicht so.« Elijah lacht und zeigt auf den Infusionsständer.

»Da könnten Sie recht haben, das ist ganz schön heftig. Sie scheinen zumindest auf einem guten Weg zu sein. Ich müsste mir dann aber einmal kurz ihre Wunde ansehen, also nicht erschrecken, wenn ich Ihnen jetzt an die Wäsche gehe.« Wie schön, er spielt mit. Lächelnd beobachte ich ihn, als er die Bettdecke zur Seite klappt und mein Nachthemd nach oben schiebt. Behutsam löst er den Verband und schaut sich die sauber vernähte Wunde an.

»Das sieht doch äußerlich schon mal gar nicht schlecht aus. Es wird zwar eine Narbe zurückbleiben, aber im Hinblick auf das Geschenk, das Ihnen gemacht wurde, ist das nichts.«

»Was genau ist denn alles hinüber?«, will ich wissen und sehe, wie er die Stirn krauszieht.

»Lassen Sie mich in die Akte schauen, da steht alles genau drin, Moment.« Er bedeckt mich wieder und nimmt sich die Papiere zur Hand, die er zuvor auf dem Tisch gegenüber meines Bettes abgelegt hat.

»Also, was wir bei der Notoperation feststellen konnten, war natürlich der massive Blutverlust, den der Durchschuss verursacht hat. Das Projektil hat eine Rippe gestreift, so dass wir mit fiesen Knochensplittern zu kämpfen hatten. Der Magen wurde verletzt und die Niere. Es ist durchaus möglich, dass die Niere noch abgestoßen wird auf Grund der Verletzung. Deshalb die Tests, von denen ich gesprochen habe. Natürlich bekommen Sie zurzeit sehr starke Schmerzmittel, damit Ihnen alles erträglicher vorkommt, aber bitte schonen Sie sich. Sie brauchen vorerst nicht darüber nachzudenken arbeiten zu gehen. Es grenzt fast an ein Wunder, dass Sie von selbst so schnell aus dem Koma erwacht sind. Das spricht natürlich für Sie und ihren Kampfgeist, aber Sie sind trotzdem sehr geschwächt. Glauben Sie mir, ein Bein war schon auf der anderen Seite.« Er mustert mich kritisch. »Fahren Sie die nächste Zeit einen Gang runter. Eine Schwester wird Sie dann demnächst abholen, damit wir ein CT machen können. Wenn Sie sich dann noch in der Verfassung sehen Besuch zu empfangen, kann ich Ihnen schon einmal mitteilen, dass ein paar Officer gerne mit Ihnen sprechen wollen und Ihre Eltern sind auch hier. Ich gehe davon aus, dass Sie darüber noch nicht in Kenntnis gesetzt wurden.«

»Meine Eltern?«, frage ich erstaunt und muss schlucken.

»Ja, es stand schlecht um Sie, das war die einzig logische Schlussfolgerung, die Eltern dann nun einmal treffen.« Nickend unterstreiche ich seine Aussage. Na das kann ja heiter werden. Ich darf nicht arbeiten, mein Freund ist ein Idiot und meine Eltern sind hier.

»Danke, dass Sie einer der Menschen sind, die mein Leben gerettet haben. Schätze, ab jetzt darf ich zwei Mal Geburtstag feiern.« Er lächelt mir aufmunternd zu und legt mir seine Hand auf den Unterarm.

»Das bestätigt doch nur einmal mehr die Theorie: Lebe das Leben, als gäbe es kein Morgen oder? Obwohl ich als Arzt natürlich dringend davon abraten sollte.« Elijahs Augen blitzen schelmisch und ich muss lachen, was leider eine weniger gute Idee ist. *Schmerz!* Still fluchend beiße ich die Zähne zusammen und schließe die Augen.

»Ich glaube, ich warte dann einfach, bis mich jemand holt und ruhe mich so lange noch etwas aus«, gebe ich gepeinigt zurück und warte, bis Doktor Banks sich aus dem Zimmer entfernt hat. *Heilige Scheiße.* Also ich möchte nicht wissen, wie sich dieser Schmerz ohne die starken Medikamente angefühlt hätte. Das war ja kaum zum Aushalten. Vielleicht sollte ich mich wirklich noch ein paar Minuten aufs Ohr hauen. Ich bin müde und ausgelaugt, obwohl ich jegliches Zeitgefühl verloren habe. Egal. *Das ist doch alles unwichtig,* denke ich, als mir bereits die Augen vor lauter Erschöpfung zufallen.

Ich lebe.

Besuch

»Carmen, Schatz. Kannst du mich hören?« *Mama?* Ich blinzle verschlafen, mittlerweile kommt es mir wirklich komisch vor, wenn jemand mit mir deutsch redet und dann auch noch meine Mutter, die ich am allerwenigsten erwartet habe. Verwirrt blicke ich mich um. *Ach ja. Das Krankenhaus.* Beinahe hat es sich so angefühlt, als wäre ich zu Hause.

»Mama, du bist hier?«, will ich wissen und sehe bereits die ersten glitzernden Tränen in ihren Augen.

»Wie kannst du das nur fragen? Ich dachte, du stirbst. Du bist mein Kind, warum sollte ich da nicht auf dem schnellsten Weg herkommen? Dein Vater ist auch da.« Sie zeigt auf ihn, er steht am Fenster und sieht ebenso gerührt aus, wie meine Mutter.

»Wow, ich weiß gar nicht was ich sagen soll. Kommt erst einmal her und drückt mich.« Ich halte die Arme von mir gestreckt und umarme zuerst meine Mutter, die sich sanft zu mir hinabbeugt und anschließend meinen Vater. Ihre vertrauten Gerüche strömen in meine Nase und ich wünschte, dass ich jetzt mit ihnen gehen könnte. Sichtlich bewegt und stolz, diese beiden meine Eltern nennen zu dürfen, bemerke ich, dass auch mich dieses Ereignis nicht kalt lässt.

»Ich danke euch so sehr, dass ihr euch auf den weiten Weg gemacht habt, das bedeutet mir wirklich viel. Scheinbar bin ich übern Berg, nur wer weiß, wann ich entlassen werden kann.« Seufzend schaue ich an mir herab. Die vielen Schläuche werden hoffentlich auch bald abgenommen.

»Wie lange könnt ihr bleiben?«

»Ein paar Tage. Wir können dich sicher noch eine Weile zu Hause unterstützen, wenn du entlassen wirst«, meint meine Mutter. Irgendwie graut es mir bei der Vorstellung ihr dabei zusehen zu müssen, wie sie durch meine Wohnung wuselt um zu putzen und weiß der Himmel, was zu machen.

»Okay«, sage ich stattdessen und versuche mir nichts anmerken zu lassen.

»Zwei Polizisten sind auch da, Carmen. Glaubst du, dass du schon über das Geschehene reden kannst?«

Ich nicke. »Na klar, schickt sie ruhig rein. Dieser kranke Typ soll endlich seine gerechte Strafe bekommen! Es ist mir ein Rätsel, wieso sie den laufen lassen haben und das ohne Yamina Bescheid zu geben. Verstehe einer dieses Rechtssystem.« Verächtlich schnaubend sehe ich meinen Eltern dabei zu, wie sie die Detectives hereinholen, die scheinbar nur draußen auf ihren Auftritt gewartet haben.

»Sollen wir bei dir bleiben, Schätzchen?«, möchte meine Mutter wissen, doch ich schüttle den Kopf.

»Nein, es reicht, wenn ich es noch einmal durchleben muss, euch möchte ich das ersparen. Ihr hattet genug zu leiden in den letzten Tagen. Mir geht es gut. Macht euch keine Sorgen mehr«, versuche ich sie zu beschwichtigen, bevor sie meinem Zimmer den Rücken kehren und mich mit den Beamten allein lassen.

»Miss Kerr, vielen Dank, dass Sie sich trotz Ihrer Verletzungen Zeit für uns nehmen, ich bin Chief Orosa und das ist mein Kollege Detective Miles. Dürfen wir Ihnen ein paar Fragen stellen?«

»Ich denke schon.« Sie ziehen sich die beiden Stühle heran und setzen sich neben mein Bett. »Zunächst möchte ich Ihnen aber eine Frage stellen.« Meine Bitte mag frech erscheinen, aber in Anbetracht der Tatsache, dass ich beinahe draufgegangen wäre, kann ich wohl eine Forderung stellen.

»Wie zur Hölle konnte es passieren, dass dieser Mensch auf freien Fuß gesetzt wurde? Nach so kurzer Zeit? Er hat doch noch gar nicht seine gesamte Strafe abgesessen? Und das ist noch nicht einmal das Schlimmste. Sein Opfer, also Yamina, wurde darüber nicht einmal in Kenntnis gesetzt. Ist das ihre normale Vorgehensweise? Da wundert mich angesichts der Kriminalitätsrate überhaupt nichts mehr. Ich hoffe, Sie verzeihen mir meinen Unmut, aber da ich beinahe getötet wurde, kann ich nicht verstehen, dass man einen potenziellen Verbrecher nicht genauer unter die Lupe nimmt.« Der Chief räuspert sich.

»Natürlich kann ich Ihre Empörung verstehen und ich bin wirklich nicht stolz auf das Geschehene. Aber gegen richterliche Beschlüsse habe ich leider keine Handhabe. Ich kann mich noch gut an den Fall von damals erinnern, da ihre Chefin persönlich in meinem Büro vorstellig gewesen ist. Ich weiß auch, dass es keine Entschuldigung ist, aber wir vom Präsidium wurden nicht darüber informiert, dass man Matthew Donovan freigelassen hat. Mir ist es also ein ebenso dringendes Bedürfnis diesen Mann schnellstens wieder hinter Gitter zu bringen. Wobei wir dann auch schon bei Ihrer Aussage wären. Ich gehe davon aus, dass Sie uns erzählen, was geschehen ist.«

»Selbstverständlich. Drücken Sie die Aufnahmetaste ihres Diktiergerätes, ich werde Ihnen alles haarklein erzählen. Ich hoffe, Sie haben Zeit mitgebracht, Chief.« Er nickt lächelnd, während sein Kollege das Diktiergerät auf dem Schränkchen neben mir platziert. Ich betrachte es ehrfürchtig aus dem Augenwinkel heraus, als Chief Orosa das Wort an mich richtet.

»Am besten schildern Sie uns erst einmal den Ablauf des besagten Tages.« Nickend knete ich meine Hände, etwas nervös bin ich trotzdem. Man will ja auch nichts Falsches sagen, oder gar ein wichtiges Detail vergessen. Tief durchatmend gehe ich in Gedanken den Abend des Vorfalls durch.

»Yamina und ich machten uns auf den Weg zu dieser Immobilie. Es muss nach achtzehn Uhr gewesen sein, denn

Mister Gene Connors, Matthews Chef sozusagen, hatte noch einen Termin bei ihr gegen siebzehn Uhr, der ziemlich lange gedauert hat. Aufgrund dieses Treffens, welches vorher schon um Stunden verschoben wurde, konnte auch Lucien, Yaminas Mann nicht mit dabei sein. Wenn ich anmerken darf, kommt mir das sehr seltsam vor. Matthew muss alles lange vorher geplant haben. Ich bin ihm bereits ein paar Tage zuvor am Flughafen in New York begegnet, wusste zu dem Zeitpunkt aber noch nicht, wer er ist. Die Entführung damals hat sich vor meiner Zeit bei Sanchez Corp. abgespielt, beziehungsweise hatte ich gerade angefangen dort zu arbeiten. Auf jeden Fall traf ich ihn dann noch einmal, als Gene, eine weitere Freundin und ich auf Yaminas neuer Yacht eine Spritztour gemacht haben. Ziemlich gruselig, wenn ich darüber nachdenke ...« Ich räuspere mich und versuche selbst zu begreifen, was das eigentlich bedeutet. Er hätte uns oder mir schon viel früher etwas antun können.

»Hatte er etwas angedeutet, in Bezug auf Yamina?«

»Nein im Gegenteil, am Flughafen flirtete er mit mir und auf der Yacht hat er sich mit Nancy vergnügt. Dieses Schwein. Hoffentlich erfährt sie nichts davon.«

»Ich fürchte fast, dass wir sie auch vernehmen müssen«, wirft Chief Orosa ein und ich nicke betreten. Dann werden sie Gene wohl auch verhören, ob er von all dem etwas geahnt hat? Hat er sich deshalb so komisch verhalten? Oh Shit, das kann doch nicht wahr sein. Das würde alles perfekt zusammenpassen. Mein Herz verkrampft sich schmerzhaft. War alles nur ein Spiel? Von Anfang an geplant und ich nur ein unbedeutendes Puzzleteil auf dem Weg zum Ziel?

»Entschuldigen Sie, ich versuche nur gerade selbst zu verstehen, welch falsches Spiel mit uns getrieben wurde«, sage ich mit erstickter Stimme und muss eisern dagegen ankämpfen nicht zu weinen. *Du heulst nicht vor Fremden, schon vergessen?* Die *Stimmen* erinnern mich an mein Gelöbnis und ich sammle das letzte Überbleibsel an Energie, um mich für die restlichen Worte zu wappnen.

»Naja, um auf den Abend zurückzukommen. Yamina und ich fuhren also zu dieser Villa. Wir wunderten uns zu Beginn, weil uns niemand die Tür öffnete, betraten anschließend aber auf eigene Faust das Anwesen. Sie ging bereits ins Wohnzimmer vor, während ich mich noch im Eingangsbereich umgesehen habe. Dann schrie sie. Entsetzlich laut. Ich wusste erst nicht was los war, denn Matthew kannte ich ja, dachte ich zumindest. Yamina wollte anfangs flüchten, doch daraufhin holte er eine Waffe hervor und bedrohte uns. Nachdem wir gefesselt worden waren, ging er mit meiner Chefin nach draußen, um mit ihr zu reden. Da ich solange unbeobachtet war, konnte ich den Alarm der Anlage auslösen. Zunächst bemerkte er nichts, als sie zurückkamen. Doch während er mit Lucien telefonierte, hat er es wohl registriert und ist daraufhin ausgerastet. Zum Glück hat er nur auf mich geschossen. Yamina ist doch schwanger. Sie wollte sich noch dazwischen werfen, aber die Kugel war Gott sei Dank schneller. Dann weiß ich nicht mehr wirklich viel. Nur schemenhaft erinnere ich mich, dass Polizeibeamte aufgetaucht sind. Von da an ist alles dunkel.«

»Vielen Dank, das hilft uns schon sehr. Glauben Sie, Mister Connors könnte etwas mit dem Angriff zu tun haben?«

»Eigentlich kann ich es mir nicht vorstellen, aber vielleicht bin ich zu voreingenommen, schließlich waren wir so etwas wie ein Paar.«

»Waren?«

»Wie soll ich sagen? Am Tag vor dem Vorfall waren wir noch zusammen, bis er einen ominösen Anruf erhielt. Ab diesem Zeitpunkt hat er sich äußerst merkwürdig verhalten, speziell mir gegenüber, aber er wollte nicht darüber reden. Auch am nächsten Tag nicht. Bis zu dem Termin mit Yamina bin ich davon ausgegangen, dass er uns die Immobilien zeigen würde, denn so war es ursprünglich vereinbart. Doch dann teilte er ihr nur mit, dass sein Kollege die Führung übernimmt, weil er verhindert sei. Angeblich hat er ihr den Grund genannt. Ich bin bedauerlicherweise noch immer unwissend, also habe ich ihm heute oder war es gestern zu verstehen gegeben, dass es vorbei ist. Entschuldigen Sie, ich weiß leider nicht, ob mittlerweile ein Tag vergangen ist. Ich schlafe viel und bin nicht in meinem normalen Rhythmus.«

»Kein Problem. Das sind ganz neue Hintergründe, die sich da auftun, Miss Kerr. Vielen Dank. Sollte Ihnen noch etwas einfallen, melden Sie sich bitte bei mir.« Der Chief drückt mir seine Karte in die Hand, während sein stummer Kollege das Diktiergerät wieder einpackt.

»Natürlich, das mache ich.«

»Ich danke Ihnen vielmals. Gute Besserung weiterhin. Wir werden den Verursacher Ihres Zustandes dieses Mal für immer wegsperren, dafür gebe ich Ihnen mein Wort.« Er reicht mir seine Hand, die ich bereitwillig ergreife und verabschiedet sich von mir, der Detective nickt mir kurz zu, als sie mein Krankenzimmer verlassen. Indes die Tür ins Schloss fällt, laufen die ersten Tränen meine Wangen hinab. Heiß bahnen sie sich ihren Weg über meine Haut. Wäre Gene wirklich dazu fähig, ein Leben zu riskieren? Am Ende sogar meines?

Ich kann und will das nicht glauben. Nach all den liebevollen Worten, die er zu mir gesagt hat, sogar am Tag des Unfalls. *Du bist die Eine*, rufe ich mir das Gesprochene ins Gedächtnis. Verdammt! Warum muss die Liebe so ungerecht sein? Seufzend schließe ich die Augen. Ich bin müde, von dem erneuten Durchleben des versuchten Mordes, den Medikamenten und der ganzen Aufregung. Ein bisschen Schlaf, das ist alles, was ich im Moment zum Glücklichsein brauche.

Einige Tage später

»Mama, bitte. Ich kann das alleine.« Wieso wusste ich nur, dass es ein Alptraum werden würde, meine Eltern mit nach Hause zu nehmen? Der erste Tag außerhalb des Krankenhauses in meinen eigenen vier Wänden war noch nicht vorbei und es fühlte sich bereits so an, als wäre ich wieder bei meinen Eltern eingezogen. Natürlich bin ich immer noch etwas schwach auf den Beinen, die Schmerzen hingegen sind beinahe verschwunden. Der Verband ist weg und einzig ein großes Pflaster ziert meinen Bauch, weist still darauf hin, dass ich einmal verwundet gewesen bin.

»Komm Schatz, leg dich hier auf die Couch, ich erledige den Rest. Brauchst du noch etwas? Hast du Hunger?« Meine Mutter schwirrt geschäftig um mich herum und schiebt mich zum Sofa. Paps hingegen weist sie an die Krankenhaustaschen in mein Zimmer zu bringen.

»Ich habe bereits den Großteil deiner Sachen gewaschen, ein bisschen geputzt auch, obwohl nahezu alles erledigt war. Du hättest ruhig erwähnen können, dass du eine Putzhilfe hast.«

»Entschuldige, das habe ich in dem ganzen Trubel vergessen. Eine zuverlässige Putzfrau war das Erste, was ich mir geleistet habe, als ich nach Miami kam. Ich bin kaum zu Hause und meine freie Zeit möchte ich nicht auch noch mit Saubermachen verschwenden. So gut müsstest du mich doch eigentlich kennen. Wenn ich mal frei habe, verbringe ich die Zeit lieber mit einem guten Buch auf dem Sofa, als darunter nach Wollmäusen zu jagen.« Ich verdrehe genervt die Augen. Das hat mir gerade noch gefehlt, wenn sie sich nun auch noch langweilt, bedeutet das noch mehr Aufmerksamkeit für meine Wenigkeit.

»Na schön, wie dem auch sei, dann werde ich dir mal eine Kleinigkeit zum Essen zaubern. Einkaufen war ich nämlich auch schon, ich weiß ja, was du gerne magst. Das habe ich nicht vergessen, auch wenn du schon über zwei Jahre nicht mehr zu Hause warst.« Ihre spitzen Bemerkungen, die so unglaublich vorwurfsvoll klingen, bringt sie leichtfertig über die Lippen, aber ich habe entschieden, dass ich mein Gewissen damit nicht belasten darf. Ich liebe meinen Job und das Leben in Miami. Naja, zumindest war das bis vor kurzem so.

»Hast du dir eigentlich schon einmal Gedanken darüber gemacht, ob es nicht besser wäre wieder zurückzukommen?«, fragt meine Mutter diesem Augenblick, als ich ebenfalls über meine Zukunft nachdenke.

»Ehrlich gesagt, habe ich mir deshalb noch nicht den Kopf zerbrochen. Auch wenn mir in den letzten Tagen nur Scheiße passiert ist, möchte ich die Chance, die ich bekommen habe, nicht einfach aufgeben. Nur weil sich mir ein paar Steine in den Weg legen, werde ich nicht den Kopf in den Sand stecken. Ich war schon immer eine Kämpferin und werde auch diese Krise meistern. Dem Tod von der Schippe zu springen sollte man als Zeichen sehen.« Ich lächle, auch wenn es schmerzt, denn den Weg ohne Gene zu bestreiten wird hart.

So lange meine Mutter noch hier ist, sollte ich mich vielleicht doch noch ein wenig von ihr verwöhnen lassen.

»Okay Mama, würdest du mir bitte noch meinen Laptop bringen?«

»Kind, du sollst doch noch nicht arbeiten, hat Doktor Banks gesagt.«

»Ich will auch nicht arbeiten, nur ein bisschen im Internet surfen und vielleicht ein wenig Online Shopping machen, wenn ich schon nicht raus kann.« Sie schüttelt seufzend den Kopf. Scheinbar glaubt sie mir nicht, dabei habe ich ausnahmsweise wirklich nicht die Firma im Kopf. Sie bringt mir das Notebook und verschwindet wieder in der Küche. Mein Vater gönnt sich wohl auch ein kleines Nickerchen, denn bisher ist er noch nicht wieder im Wohnzimmer aufgetaucht. Ich habe vor, ein wenig über Gene herauszufinden und wie sollte das besser gehen, als über das World Wide Web? Es gäbe da zwar noch eine andere Methode, die ist jedoch weitaus kostspieliger. Nach ein paar Minuten ist auch mein Laptop einsatzbereit und ich begebe mich auf die Suche nach Gene Connors.

Der erste Beitrag, der erscheint, stürzt mich in ein Tief, aus dem ich nie wieder zu entfliehen vermag.

Ein Zeitungsartikel mit dem glücklichen Paar springt mir förmlich entgegen.

Erfolgreicher Immobilienmakler nach langer Zeit endlich glücklich an der Seite seiner Frau.

Gene Connors, der Immobilienhai New Yorks, ist nun erneut mit seiner Frau zusammen. Sie zeigen sich glücklich wie nie. Dann darf hier sicher bald mit Babynews gerechnet werden...

Oh Gott, ich glaube, mir wird schlecht. So ein Arsch. Wie kann er mir so etwas nur antun? Ich schließe den Beitrag, weil ich es einfach nicht ertragen kann, »meinen Mann« mit einer anderen zu sehen. *Du bist die Eine.* Immer wieder frage ich mich, weshalb er diese Worte zu mir gesagt hat. Offensichtlich waren sie doch anders gemeint.

»Schatz, ich habe dir Käsespätzle gemacht, die magst du doch so gern.« Das ist mein Stichwort. Mama kommt mit einem dampfenden Teller auf mich zu. Indes klappe ich das Notebook zu und lasse mich ganz vom Duft, welcher vom Tellerrand strömt, einnebeln.

Wünsche

Nach dem Essen will ich mir ein Mittagsschläfchen gestatten und bin froh, dass mir ein bisschen Ruhe vergönnt ist, denn meine Eltern haben sich dazu entschlossen Miami Beach unsicher zu machen. Dabei denke ich an meinen Vater, der in Sandalen und weißen Tennissocken über den Strand schlendert und bin erleichtert, dass ich es mir hier in meinem klimatisierten Apartment gemütlich machen kann. Ich kuschle mich nur mit einem Höschen bekleidet in die Kissen, die Decke bis zum Kinn hochgezogen, während meine Gedanken langsam in die Traumwelt abdriften. Nur vor mich hin dösend, registriere ich das schrille Geräusch der Türklingel, die mich dazu zwingt die Augen zu öffnen. *Haben sie etwa den Schlüssel vergessen*, frage ich mich frustriert und schlage die Bettdecke zur Seite. Müde schlurfe ich dem Eingang entgegen und betätige den Summer. Ich lasse die Tür einen Spalt breit offen und begebe mich zurück in mein Bett. Den Schlüssel werden sie sicher auch ohne mich finden. Erneut mache ich es mir gemütlich und schließe die Augen.

»Du solltest eigentlich aus dem Geschehenen gelernt haben und vorsichtiger sein, Camelie.«

Erschrocken richte ich mich auf, stets darauf bedacht, dass das Herunterrutschen der Decke nicht zu viel nackte Haut preisgibt.

»Gene, was machst du denn hier? Ich dachte, meine Eltern hätten etwas vergessen«, stammle ich nervös und versuche seinem Blick auszuweichen. Denn genau der wird mir nur wieder zum Verhängnis.

»Ich habe lange genug gewartet, es sind zwei Wochen vergangen, seit wir uns das letzte Mal gesehen haben. Du sagtest ich soll kommen, wenn ich bereit bin zu reden. Also, hier bin ich. Wenn du willst, werde ich dir alles erzählen. Außerdem sollst du wissen, dass du diejenige bist, die ich liebe. Egal, wie dieses Gespräch verläuft, nur das ist wichtig. « Er liebt mich? Ich glaube, diese Worte sagt er gerade zum ersten Mal. Keiner von uns beiden hat sie bisher in den Mund genommen. Warum gerade jetzt? Verständnislos blicke ich ihn an, bin nicht sicher, ob ich hören will, was er zu sagen hat. Schließlich ist er verheiratet, liebt er etwa uns beide? Geht so was denn? Denkt er, ich kann mit dem Wissen nur eine Affäre zu sein, weiter eine Beziehung mit ihm führen? Ich will nicht die ewige Nummer Zwei sein, die sich verstecken und auf Abruf bereitstehen muss.

»Spar dir dein Gerede, ich weiß, dass du verheiratet bist. Als du mit Yamina an meinem Krankenbett darüber debattiert hast, war ich bei Bewusstsein. Ich hasse dich dafür, dass du mich belogen hast und noch schlimmer ist die Tatsache deiner Abwesenheit um bei IHR zu sein, ausgerechnet zu dem Zeitpunkt, an dem ich angeschossen wurde. Du scheinst meine Intelligenz zu verhöhnen, wenn du glaubst diese Worte würden es ändern. Wenn das jemand ohne ein schlechtes Gewissen sagen kann, dann bin ich es. Ja verdammt, ich liebe dich und war ernsthaft der Meinung, das mit uns beiden könnte irgendwann mal etwas ganz Großes werden, aber wie so oft in meinem Leben werde ich nur enttäuscht. Es wäre ja auch zu schön gewesen, wenn einmal alles rund läuft. Es ist scheinbar zu viel verlangt einen vernünftigen Job, einen tollen Kerl und die wahre Liebe gleichzeitig sein Eigen nennen zu dürfen.« Traurig schaue ich zu ihm auf. Er steht immer noch im Türrahmen meines Schlafzimmers und blickt mir ernst entgegen.

»Es ist doch schon einmal ein Fortschritt, dass ich ein toller Kerl bin, oder?« Er lächelt verlegen und ich schüre die Lippen.

»Schön, dass du das Positive aus meinen Sätzen herausfiltern konntest. Mir ist leider momentan nur überhaupt nicht nach Lachen zumute.«

Langsam kommt er näher, schleicht beinahe majestätisch wie eine Raubkatze, die zum Sprung ansetzt, um anschließend über ihre Beute herzufallen. Ich weiß, was das bedeutet. Seine aquamarinfarbenen Augen hypnotisieren und lassen mich in dem Ozean davontreiben, den sie repräsentieren. Nur mühsam gelingt es mir, der Anziehungskraft zu widerstehen, denn ich möchte ihn so gern noch einmal spüren. Für ein einziges Mal. Nicht ich bin der Ehebrecher, das ist er. Vielleicht kann ich ihn ja doch überzeugen bei mir zu bleiben. Für immer. Mein Blick ist starr gen Boden gerichtet, denn ich weiß, dass ich den Kampf mit mir selbst verliere, wenn ich ihn erneut ansehen muss. Demnach spüre ich nur, wie die Matratze neben mir nachgibt. Er setzt sich neben mich. Mein Herz hämmert wild in meiner Brust, schlägt mir beinahe bis zum Hals. Das hier ist sowas von falsch. Er dürfte gar nicht hier sein. Gene hat eine Frau, vielleicht bald schon eine Familie. Was habe ich in dieser Geschichte verloren? Ich möchte keine Familie zerstören, niemanden den Vater wegnehmen.

»Camelie. Bitte sieh mich an. Hör auf dir den Kopf zu zerbrechen, es ist alles ganz anders, als du denkst.«

»So? Was denke ich denn?«, frage ich ihn zornig, während ich wieder zu ihm aufblicke. *Verdammt!*

»Du denkst, du bist nur die zweite Wahl, aber das stimmt nicht. Schon vergessen? Du bist die Eine.« Um seine Worte zu untermalen umschlingt er meine Wange und ich schmiege mich sogleich hinein. Genes warme Hand auf meiner Haut zu spüren, seinen Duft einzuatmen, katapultiert mich in die gewohnte Zweisamkeit zurück. Jetzt gibt es nur noch ihn und mich. Die Welt scheint still zu stehen in den Momenten, wenn wir zusammen sind.

»Liebe mich, Gene«, fordere ich ihn auf und nehme sofort die Leidenschaft wahr, die das Funkeln seiner Augen verspricht. Nur einen Wimpernschlag später treffen seine weichen, sinnlichen Lippen auf meine. Ich koste von der verbotenen Frucht, sie schmeckt vorzüglich, besser, als ich es mir je erträumt habe. Nach der langen Abstinenz seiner Zärtlichkeiten sehnt sich jede Faser meines Körpers danach von ihm berührt zu werden. Mittlerweile umfasst er mit beiden Händen mein Gesicht, während er mich um den Verstand bringt mit seinen alles verschlingenden Küssen.

» Wie sehr habe ich deinen Geschmack vermisst «, haucht er mir entgegen, indes ich die Arme um seinen Hals lege. Raum und Zeit verlieren ihre Bedeutung, während seine vollen Lippen den Weg über den Hals, hinab zu meinen Brüsten suchen. Die Decke weiterhin krampfhaft über meinen Busen festzuhalten, macht nun auch keinen Sinn mehr. So oder so kennt er jede Stelle meines Körpers in und auswendig. Stattdessen lasse ich mich komplett auf Gene ein, verschmelze mit ihm. Seine Hände sind überall auf meiner Haut, hinterlassen eine sengende Hitze der zuvor berührten Stellen, die mich schwer aufkeuchen lässt.

»Ich will meinen Namen aus deinem Mund hören, Camelie. Laut. Du sollst für mich schreien, wenn du kommst«, raunt mir Gene ins Ohr, während er mich auf seinen Schoß hebt. Seine Erektion drückt sich verräterisch an meine Scham und ich brenne darauf, ihn auszuziehen und endlich in mir zu spüren. Seine Finger necken gekonnt meine Nippel, die sich ihm bereitwillig anbieten. Auch ich recke ihm den Oberkörper noch ein wenig mehr entgegen, damit er ihnen noch mehr Aufmerksamkeit schenkt und somit das Ziehen in meinem Unterleib verstärkt. Mich auf ihm windend, kann ich die Spannung, welche sich in mir aufbaut kaum noch ertragen, denn die bloße Stimulation der Brustwarzen bringt mich beinahe zum Höhepunkt. Eilig zerre ich am Shirt, will seine nackte Brust an meiner fühlen. Für mich kann es gar nicht schnell genug gehen, aber Gene lässt sich Zeit. Genüsslich fahren seine Finger an meinen Bauchseiten entlang, zärtlich über die Narbe streichend, welche von der Schussverletzung zurückgeblieben ist.

»Bist du okay? Wenn es zu früh ist, sag es«, flüstert er und sucht meinen Blick. Doch ich bin fiebrig, kann nicht von ihm ablassen. Ich spüre keinen Schmerz, nur wohlige Wärme, die sich in meinem Schoß ausbreitet. Meine Finger nesteln an seinem Hosenbund. Ich möchte seinen Penis aus diesem viel zu engen Gefängnis befreien, doch Gene quält mich weiter. Mit dem Daumen bahnt er sich einen Weg zwischen meine Beine. Reibt meine Klit und taucht kurz in mich ein. Er benetzt sich mit meiner Nässe, bevor er gleich darauf wieder mit meiner Perle spielt. Die Erregung packt mich und ich bohre meine Nägel in Genes Schultern. Sein breites Kreuz bietet ausreichend Halt, aber ich möchte erst kommen, wenn er in mir ist. Wieder versuche ich ihm die Hose auszuziehen. Dieses Mal lässt er mich gewähren und ich öffne erst den Knopf, um dann mit dem Reißverschluss fortzufahren. Kurz von seinem Schoß steigend, ziehe ich ihm Jeans und Shorts aus. Vor ihm kniend suche ich seinen Blick, bevor ich den prallen Penis zwischen meinen Lippen verschwinden lasse. Ich möchte ihm nur kurz ein klein wenig einheizen, bevor wir gemeinsam zum Ziel vorschnellen können. Gene stöhnt leise und sucht mit den Händen Halt in meinen Haaren. Sanft lasse ich die Zunge um die empfindliche Spitze kreisen, kann gar nicht genug davon bekommen, ihn so in Ekstase zu sehen. Genes Hüften bewegen sich leicht, passen sich meinem Rhythmus an, während seine Oberschenkel vor Verlangen zittern. Er ist an dem Punkt angekommen, an dem ich ihn haben will. Ein letztes Mal nehme ich ihn tief im Mund auf und lecke über seinen Schaft, bevor ich mich aufrichte. Vor seinen Augen streife das Höschen nach unten und lasse mich wieder auf seinem Schoß nieder. Kein lästiges Stück Stoff trennt uns mehr, indes ich seinen pulsierenden Schwanz an meiner Klitoris spüre. Es bedarf nur einer kleinen Bewegung, als er in mich eindringt. Ich lasse mein Becken ganz auf ihn hinabsinken, genieße zuerst das Gefühl ihm nahe zu sein, bevor ich mich langsam beginne zu bewegen. Genes Hände umfassen meinen Po, heben mich zusätzlich auf und ab. Derweil seine wilden und leidenschaftlichen Küsse mich in eine andere Dimension katapultieren, vermag ich die hervorgerufenen Empfindungen mit Worten nicht zu beschreiben. Der Aufforderung nachkommend, mich zu lieben, nimmt er Besitz von meinem Körper und meiner Seele. In diesem Moment wird mir klar, dass ich nie jemanden mehr lieben kann, als ihn. Alle Männer, die ich bisher geglaubt hatte zu lieben, konnten nur einen winzigen Bruchteil dieser Gefühle in mir hervorrufen. Wenn es bei Gene das Gefühl tobender Schmetterlinge ist, welches ich fühle, so war es bei den anderen nur der zarte Flügelschlag eines Einzelnen, den ich wahrgenommen hatte.

»Komm für mich, Camelie. Mit mir.« Seine Stimme zittert leicht, verursacht dennoch eine Gänsehaut auf meinem Körper. Nichts möchte ich lieber, als zusammen mit ihm den Gipfel der Lust zu erklimmen. Der gemeinsame Höhepunkt nähert sich mit großen Schritten. Wir bewegen uns gleichzeitig sanft und doch wild. Unsere Körper sind eins, wissen genau, was der andere braucht. Eine Bewegung, ein Kuss und ein Streicheln seiner Finger über meinen Rücken lösen die Anspannung, derweil ich stöhne und seinen Namen herausschreie, wie er es zuvor von mir verlangt hat. Als sich mein Geschlecht um ihn zusammenzieht, spüre ich, dass er sich in mir ergießt. Erschöpft lasse ich die Stirn gegen seine sinken, die Hände auf seiner Brust liegend. Ich spüre seinen Herzschlag, der sich gerade erst zu beruhigen scheint und ein Lächeln huscht über mein Gesicht. Auch wenn ich es nicht für immer besitze, in diesem Moment schlägt es nur für mich.

»Du bist unglaublich. Ich bin mir sicher, dass ich noch nie im Leben solch einen intensiven Sex hatte«, lässt Gene mich wissen und streichelt weiter über meinen Rücken.

»Es ging mir genauso. Ich dachte jeden Moment, ich müsste in Tränen ausbrechen vor lauter Empfindungen, die auf mich niedergeprasselt sind.« Immer noch schwer atmend schmiege ich mich enger an ihn. Der Gedanke jetzt von ihm abzulassen fühlt sich dermaßen absurd an, weshalb ich ihn gleich wieder verwerfe.

»Bitte sag mir, dass du nicht gleich wieder gehen musst.« Hilfesuchend blicke ich ihm in die Augen.

»Nein, nicht gleich. Ich bleibe bis morgen, wenn du es willst. Aber wir haben trotzdem noch einiges zu klären.«

»Shhhh. Nicht jetzt. Lass mich deine Nähe genießen. Reden können wir nachher auch noch. Was hältst du von einem Bad und anschließendem Mittagsschlaf?«, frage ich ihn lächelnd und zwinge mich dazu aufzustehen. Gene nickt schweigend und folgt meinem Beispiel.

Nach einer ausgiebigen, intensiven Dusche schreibe ich meinen Eltern eine Nachricht. Gebe ihnen freundlich zu verstehen, lieber noch eine Weile Miami unsicher zu machen. Sie ganz ins Hotel abzuschieben kommt mir hingegen etwas zu makaber vor. Also hoffe ich, dass sie den restlichen Nachmittag noch genug zu erkunden haben, bevor sie die traute Zweisamkeit von Gene und mir zerstören können. In der Küche besorge ich uns noch etwas zu trinken, bevor ich mich auf den Rückweg ins Schlafzimmer mache. Es fühlt sich beinahe so an wie immer, aber eben nur fast.

Gene wartet bereits auf mich. Blickt mir vom Bett aus erwartungsvoll entgegen. Nur mit der Bettdecke über seinen Beinen, fällt es mir schwer an irgendetwas anderes, als Sex zu denken. Ich geselle mich zu ihm und reiche die Wasserflasche weiter. Während er einen großen Schluck nimmt, schmiege ich mich wieder an ihn. Ich werde den Moment so lange auskosten, wie er andauert, bin bereit zu nehmen, was er mir gibt. Für den Augenblick zumindest. Die Flasche beiseitestellend, legt er den Arm um mich und haucht mir einen Kuss auf die Stirn. Indes ich den Kopf an seine Schulter bette, vergräbt er das Gesicht in meinen Haaren und inhaliert den Duft. Rieche ich für ihn genauso attraktiv, wie er für mich? Während ich in Gedanken versinke, fahre ich mit den Fingern die Konturen seiner Bauchmuskeln nach. *Wenn ich doch nur einen Wunsch frei hätte,* denke ich geknickt und schließe die Augen.

Sinn des Lebens

Ich weiß es, bevor ich die Augen aufschlage. Er ist weg. Mein Herz krampft sich schmerzlich zusammen, während ich mir die Bettdecke bis über den Kopf ziehe. Unwissend lässt er mich zurück, was nur eines bedeuten kann. Er hat sich für sie entschieden und ich würde ewig die zweite Wahl bleiben, wenn ich jetzt nicht die Notbremse ziehe. Vorsichtig luge ich dann doch unter der Decke hervor und entdecke eine handgeschriebene Nachricht auf seiner Seite vom Bett. Ich strecke die Hand danach aus und beginne zu lesen.

Camelie,

es tut mir leid, ich muss zurück nach New York. Es gibt so viel, das ich dir noch sagen muss. Bitte lass dich nicht verunsichern. Ich kann das alles erklären. Ich liebe dich. Gene

Ich greife nach seinem Kopfkissen und vergrabe das Gesicht darin. Noch einmal möchte ich seinen Duft einatmen, bevor ich mich von ihm lossagen muss. Erst als das Polster nass ist, bemerke ich, dass mir bereits die Tränen über die Wangen laufen. Ich bin es leid zu warten, auch wenn mich der Schmerz aufzufressen droht, muss das Elend ein Ende haben. Entschlossen stehe ich auf, werfe den Brief in den Mülleimer und beginne das Bettzeug abzuziehen. Jemand der nicht ehrlich zu mir sein kann, weil er kein Vertrauen entgegenbringt, der hat nichts in meinem Leben zu suchen. Ich werde nicht länger die Nummer Zwei sein, denn ich habe eindeutig Besseres verdient. Vielleicht sollte ich im Krankhaus anrufen und Doktor Banks um ein Date bitten. Das Lachen und der dazugehörige Stich in meiner Bauchgegend lassen mich diesen Gedanken jedoch schnell wieder verwerfen. *Nein Carmen, die Männer sind einfach nichts für dich. Finde dich damit ab.* Ich sollte öfter auf die *Stimmen* hören, mir scheint, als hätten sie öfter recht, als mir lieb ist. Nachdem ich die Betten frisch bezogen habe, benötige ich erst einmal eine Pause und lasse mich auf dem Schreibtischstuhl im angrenzenden Arbeitszimmer nieder. Eine Nachricht von Gene auf meinem Handy erinnert mich daran, was ich noch erledigen wollte. Ohne sie zu lesen, antworte ich.

Wenn ich die Eine wäre, wärst du jetzt bei mir. Verarsche jemand anderen. Melde dich nicht und komm nicht vorbei. Du bist für mich Geschichte.

Ich klappe meinen Laptop auf und logge mich in das Betriebssystem von Sanchez ein. *Homeoffice kann auch ganz angenehm sein,* denke ich, maile Yamina und bitte darum, mich wenigstens einen Teil der Arbeit wieder aufnehmen zu lassen. Wenn ich weiterhin zu Hause sitze und nur Trübsal blase, werde ich wegen Gene verrückt, noch bevor mir die Decke auf den Kopf fällt. Ich versuche mich durch die Mails und Termine wieder auf einen aktuellen Stand zu bringen und bemerke dabei gar nicht, wie die Zeit vergeht. Einige Veränderungen haben bereits stattgefunden.

Vergangenes Weihnachten hatte Yamina beschlossen, ihre Freundin Anna mit ins Boot zu holen. Nach ComStyle soll eine neue Linie in die Stores eingeführt werden und so wie ich das sehe, ist die Produktion für die Schmuckkollektion von Anna schon im vollen Gange. Viele Termine, die eigentlich während der Fashion Week in New York hätten stattfinden sollen, sind auf Ende des Jahres verschoben worden. Was vielleicht gar nicht so schlecht ist. Immerhin können wir nun ComStyle und die Schmucklinie gemeinsam promoten. Mein Hirn rattert bereits auf Hochtouren, als eine Mail von Yamina eingeht.

Dr. Banks hat aber noch keine Freigabe erteilt, meine Liebe.

In mich hineingrummelnd, schreibe ich ihr zurück.

Gene war gestern bei mir. Es ist vorbei. Brauche Ablenkung, sonst springe ich aus dem Fenster, außerdem wird jede Hilfe benötigt, wie ich sehe.

Ich bin mir ziemlich sicher, dass sie dagegen nichts erwidern wird.

Übernimm dich nicht, noch einmal werde ich dich nicht ins Krankenhaus bringen und an deinem Bett sitzen!

Ihre Antwort genügt mir und so tippe ich bereits ein Memo an Nathalie, dass ich wieder einige Aufgaben übernehmen werde. Jetzt muss ich nur noch meine Eltern loswerden, damit der Weg in die Firma geebnet ist. Eine Woche Schonfrist werde ich mir noch gönnen, aber spätestens dann will ich wieder im Tower sitzen.

Ein Klopfen an der Tür unterbricht meinen Arbeitsfluss und ich bitte meine Mutter hinein. Bepackt mit einem riesigen Stapel aus Zeitungen und Briefen kommt sie zu mir an den Schreibtisch.

»Kindchen. Bist du sicher, dass du schon wieder fit genug bist?«, fragt sie mich vorwurfsvoll und ich seufze.

»Ich brauche Ablenkung. Mir fällt hier die Decke auf den Kopf. Außerdem ist Schluss mit Gene.« Ihr Blick ist warm und herzlich, als sie sich zu mir beugt und einen Kuss auf meine Stirn haucht.

»Pass auf dich auf, bitte.« Sie legt mir den Poststapel auf den Tisch und ich nicke dankbar, bevor sie mich alleine lässt.

Da hat sich ja einiges gesammelt, als ich im Krankenhaus war. Genervt sortiere ich Briefe von Zeitungen und sonstiger Werbung. Als Erstes nehme ich mir den Stapel mit Briefen vor und öffne jeden Einzelnen. Etliche Rechnungen, die zu bezahlen sind, lege ich auf einen Stoß, bis meine Aufmerksamkeit von einem anderen Brief abgelenkt wird. Er kommt von der amerikanischen Behörde, was mich stutzig werden lässt. Als ich das Papier auseinanderfalte und den Betreff lese, steigt Übelkeit in mir auf.

Visum abgelaufen, Abschiebung innerhalb von vier Wochen.

Was zum Henker? Ich schaue auf das Datum des Poststempels. Es sind bereits zwei Wochen vergangen. Oh mein Gott. Wie soll ich da nur wieder herauskommen? Habe ich wirklich verschwitzt, mein Visum zu verlängern? Bin ich tatsächlich so dämlich, dass mir das entgangen ist?

»Fuck«, fluche ich und hole einen meiner Ordner aus dem Schrank. Schnell blättere ich durch die Unterlagen und sehe die Notiz auf der letzten Verlängerung. Das Datum liegt mehrere Wochen zurück. Scheiße. Es sieht ganz danach aus, als hätte ich vergessen mir den Termin in meinen Kalender einzutragen. Sicherheitshalber setze ich mich wieder, denn mir werden sofort die Knie weich, als ich darüber nachdenke, welche Konsequenzen das für mich hat. Ich werde ausgewiesen, weil ich es versiebt habe dieses scheiß Formular auszufüllen. Was mache ich denn jetzt nur? Meine Finger fliegen über den Touchscreen des Handys, vielleicht kann mir Nancy helfen, sie ist immerhin auch aus Deutschland.

»Hey, was gibt es. Wie geht es dir? Gut, dass du dich meldest, ich wollte heute Nachmittag bei dir vorbeikommen«, fängt sie sofort zu plappern an.

»Nancy, ich habe Mist gebaut. Hast du eine Idee, was ich tun kann? Ich hab vergessen mein Visum zu verlängern und jetzt wollen sie mich abschieben.«

»Wie bitte? Das ist nicht dein Ernst, aber du lagst doch im Krankenhaus, wie hättest du denn da was machen können?«

»Die Frist war schon vorher abgelaufen. Für gewöhnlich schickt man das schon ein paar Wochen vorher raus.«

»Ja, du hast Recht. Tja, dann solltest du vielleicht noch schnell heiraten. Einen Ami, versteht sich.«

Natürlich! Das ist die Lösung! Euphorisch springe ich auf.

»Die Idee ist gar nicht mal blöd!«

Nancy lacht, als sie merkt, dass es mir ernst ist, verstummt sie aber schnell wieder.

»Ähm. Echt jetzt?«

»Ja! Jetzt muss ich nur noch jemanden finden, der mich heiratet.«

»Du heiratest Gene, wen denn sonst?«, fragt Nancy und ich seufze frustriert.

»Hast du es noch gar nicht gehört? Er ist bereits verheiratet.«

»Nein!?« Sie klingt bestürzt und ich kann es ihr nicht verübeln.

»Du hast nicht zufällig einen Freund, der Single ist?«, will ich wissen.

»Mir kommt da gerade eine Idee, bis später.«

»Okay. Danke«, sage ich und lege auf.

Wie in Dreiteufelsnamen soll ich das wieder geradebiegen? Yamina wird mich lynchen. Mit Feuereifer stürze ich mich in die Arbeit, um nicht wieder an Gene zu denken. Vermutlich war das der Fehler, ich war zu sehr auf das Wohl der anderen bedacht und habe mich am Ende selbst vergessen. Der Gedanke daran jemanden heiraten zu müssen nur um in Amerika bleiben zu können, fühlt sich befremdlich an. So habe ich mir das wirklich nicht vorgestellt.

Eine Nachricht von meiner Kollegin Nathalie jedoch, hilft mir dieses Problem vorerst zu verdrängen und ich nehme die Herausforderung an. Ich habe einen Job zu erledigen, den Rest bringe ich auch noch irgendwie ins Lot.

Der Tag verfliegt so schnell, dass ich es gar nicht mitbekomme. Ich telefoniere mit ein paar Veranstaltern in New York, die für die bevorstehende Werbetour in Frage kommen und bemerke erst gar nicht, dass Nancy bereits eingetroffen ist, bis sie auf einmal hinter mir steht.

»Hey. Deine Mutter hat uns reingelassen«, sagt sie und ich drehe mich um. Jetzt erst weiß ich auch, warum sie von »uns« spricht. Hinter ihr steht ein Mann. Ein gutaussehender, um genau zu sein. Die Millionen Fragezeichen über meinem Kopf scheinen sie redseliger werden zu lassen, denn sie erklärt mir sogleich, wer dieser Leckerbissen ist.

»Das hier meine Süße, ist dein zukünftiger Ehemann.« Sie grinst und tritt einen Schritt beiseite, als er auf mich zugelaufen kommt.

»Hi, ich bin Anthony. Freut mich dich kennenzulernen, Frau.« Er reicht mir seine Hand und grinst ebenso breit wie Nancy. Ich bin so sprachlos, dass mir erst einmal kein einziges Wort über die Lippen kommen will.

»Ist das euer Ernst?«, frage ich sie nach einer Weile und blicke in amüsierte Gesichter.

»Dein Vorhaben hatte sich vorhin aber noch weitaus entschlossener angehört«, tadelt mich Nancy und streicht Anthony über den Rücken.

»Ich bin mir sicher, es liegt nicht an dir, Süßer. Sie ist mit der Allgemeinsituation unzufrieden.« Anthony lacht und lässt sich auf der Couch mir gegenüber nieder.

»Hör zu, Carmen. Du brauchst keine Furcht zu haben. Ich handle rein im eigenen Interesse, denn ich gehe mal davon aus, dass hier ein bisschen Kohle bei rausspringt. Zumal du keine Angst vor irgendwelchen Verpflichtungen haben musst. Ich steh nicht so auf Frauen.« Sagt er mir hier gerade, dass er schwul ist und aus materiellen Aspekten eine Scheinehe mit mir eingehen will? So eine Vergeudung! Warum sind die Süßen immer schwul? Ich beiße mir auf die Unterlippe und nicke.

»Okay. Machen wir das. Ich habe keine andere Wahl.« Nancy klatscht freudig in die Hände, als ich meine Absicht äußere und fällt mir um den Hals.

»Wäre doch ein Jammer, wenn sie dich wegen so einer Lappalie nach Hause schicken würden.«

»Das stimmt, aber weißt du auch, was das bedeutet? Du musst hier einziehen und lernen, schnell und viel«, wende ich mich an Anthony, der nickt.

»Ich bin bereit, bist du es auch?« Er zwinkert und ich verfluche ihn erneut dafür, dass er auf Männer steht. Die nächste Stunde verbringen wir damit über die Einzelheiten zu reden und ich bemerke erst jetzt, was für eine Herausforderung das eigentlich ist.

»Ich hoffe, du bist kein Serienkiller. Immerhin wirst du mit mir nun Bett und Wohnung teilen«, merke ich an und schreibe etwas auf meinen Notizblock. »Du weißt auch, dass ich das Ganze hier schriftlich manifestieren muss?« Anthony nickt, während Nancy, immer noch sichtlich begeistert von ihrem Arrangement, mit Vorschlägen um sich wirft.

»Ihr solltet unbedingt eine zeitliche Dauer festlegen und euch dann auch bald mal zusammen in der Öffentlichkeit blicken lassen. Steht nicht demnächst ein Event bei Sanchez an?« Ich bejahe und erkenne immer mehr den Rattenschwanz, den das alles mit sich zieht.

»Am besten du erstellst mal eine Liste von den Dingen, die ich über dich wissen muss ... also die man so als Paar voneinander wissen sollte. Wir brauchen eine gemeinsame

Geschichte. Wo haben wir uns kennengelernt? Wann sind wir zusammengekommen?« Die Notizen werden immer länger. »Den Vorfall werden die Behörden genau durchleuchten, dessen bin ich mir sicher.« Die Zweifel werden größer. »Vielleicht ist das doch keine so gute Idee. Das ist ein Zeichen! Vermutlich soll es so sein, das Schicksal denkt offenbar, es ist besser so, wenn ich wieder dorthin zurückkehre, von wo ich stamme.« Ich schlage mir schluchzend die Hände vors Gesicht und spüre sogleich starke Arme die mich halten.

»Hey Kleines, rede keinen Unsinn, wir schaffen das schon.« Anthony streicht mir behutsam übers Haar und auch Nancy umarmt mich von der Seite.

»Du wirst nicht klein beigeben. Schließlich hast du dir hier einen echten Namen gemacht, das willst du doch nicht alles hinschmeißen?« Ihre Stimme klingt vorwurfsvoll und ich luge hinter meinen gespreizten Fingern hervor.

Das ist die Frage. Was will ich eigentlich? Wie weit bin ich bereit zu gehen? Und für was vor allem? Alle Gründe, wie Job und Ansehen wirken nichtig, wenn man bereits das Licht gesehen hat. Wirklich wichtig ist doch nur eines.

Lieben und geliebt werden.

Zukunft

»Komm schon, lass den Kopf nicht hängen.« Nancy tätschelt mir noch einmal den Rücken und setzt sich dann wieder zusammen mit Anthony auf das Sofa. »Wir sollten lieber die Details besprechen und am besten schnell zum Standesamt. Dir läuft die Zeit davon und die Termine sind rar. Ah nein warte mal, mir fällt ein, dass ich jemanden kenne, der dort arbeitet.« Sie steht auf, richtet die Bluse, schiebt ihre Brüste noch ein wenig nach oben und grinst. »Zeit ihm einen Besuch abzustatten. Was meinst du?« Sie zwinkert ehe sie auf dem Absatz kehrtmacht. »Und ihr zwei Hübschen lernt euch besser mal schleunigst kennen.«

Ich komme nicht umhin und muss einfach lachen. Anthony fällt mit ein, sodass mir der Gedanke beinahe nicht mehr seltsam vorkommt, bald mit ihm zusammenleben zu müssen.

»Na schön. Dann legen wir mal los. Am besten wir überlegen uns etwas Unspektakuläres für das erste Zusammentreffen. Wenn es zu extravagant klingt, könnten die Behörden stutzig werden. Vielleicht eher eine Lappalie, wie im Supermarkt mit dem Einkaufswagen in die Hacken fahren.«

Anthony grinst und nickt. »Das könnte mir gefallen, etwas Bodenständiges. Aber unter uns gesagt. Warum hast du keinen Freund, den du heiraten kannst? Soweit ich das beurteilen kann, bist du doch eine ganz Hübsche.«

Bei seinen Worten schleicht sich ein Lächeln auf mein Gesicht.»Lieb von dir, dass du versuchst mich aufzumuntern, aber ich habe leider kein glückliches Händchen in Sachen Liebe. Mein Favorit hat mich nur hintergangen, er ist bereits verheiratet.«

»Tja, wenn du mit der Liebe kein glückliches Händchen hast, solltest du es mit Glücksspiel versuchen.«

»Du führst mich noch in Versuchung.«

»Schätzchen, wenn ich könnte, würde ich.« Wir lachen wieder und ich glaube langsam, das Zusammenleben könnte sogar spaßig werden.

»Okay, wobei wir schon beim nächsten Thema wären. Wie gehen wir mit anderen Beziehungen um, wenn wir uns auf eine Zeit von zwei Jahren beschränken. Die Treffen mit jemand anderem geheim zu halten wird nicht leicht. Denn sollten es die Falschen herausfinden, sitze ich schneller im Flieger nach Deutschland, als ich gucken kann und du wirst auch riesigen Ärger wegen einer Scheinehe am Hals haben.«

»Das ist ja wohl Ehrensache. Im Moment habe ich aber auch die Nase gestrichen voll von festen Beziehungen, eine Pause ist demnach nicht zu verachten.«

»Na schön und du bist dir wirklich sicher, dass du dir das antun willst?«

»Und wie! Ich bin schon wahnsinnig auf die Gesichter meiner Eltern gespannt. Wenn ich ihnen erzähle, dass ich eine Freundin habe und sie demnächst heiraten will, werden sie ausflippen vor Freude.«

Mir entgleitet die Kinnlade, was Anthony dazu veranlasst schallend in Gelächter auszubrechen.

»Ja wirklich. Sie hassen mich dafür, weil ich schwul bin und Mom wird vermutlich im Dreieck hüpfen, da sie denkt, dass ich nun geläutert und endlich vernünftig im Kopf geworden bin.«

»Du bist ganz schön böse, weißt du das? Deine armen Eltern.«

»Glaube mir, sie haben viel Schlimmeres verdient.«

»Wenn ich daran denke, was meine Eltern dazu sagen werden, wird mir übel. Nicht wegen dir, sondern weil das alles so plötzlich kommt. Immerhin habe ich heute erst mit meinem Freund Schluss gemacht.«

»Naja, vielleicht erzählst du ihnen auch erst einmal nichts davon. Es ist ja nur auf dem Papier. Von mir aus können wir auch schnell in Vegas heiraten, aber das erscheint vermutlich noch unglaubwürdiger.«

Nervös knete ich meine Finger. Das ist alles so surreal.

»Dann sollten wir wohl auch mal über den finanziellen Aspekt sprechen. Was hast du dir denn vorgestellt? Ich erwähne wohl besser auch, dass wir ab und an gemeinsam verreisen müssen, insofern es dein Terminplan zulässt. So können wir uns in der Öffentlichkeit zusammen zeigen. Ist dir bewusst für wen ich arbeite?«

»Ich bestehe darauf, dass du mich mit ihr bekannt machst! Sie ist eine Ikone und ich liebe ihre Läden. Was glaubst du, wo ich einkaufen gehe?« Ich verdrehe lachend die Augen.

»War ja klar. Aber ich denke, dass sich das einrichten lässt und über den Preis werden wir uns sicher auch einig. Ich könnte dir ja zum Beispiel für diese zwei Jahre eine VIP-Member-Karte für die Sanchez Läden besorgen, Anthony.« Seine Augen beginnen zu leuchten. *Das war ja einfach*, denke ich und schreibe es auf meine Liste.

»Scheiße, wenn du mir die überlässt, brauche ich nichts anderes mehr.«

»Das klingt, als wären wir im Geschäft.«

»Wo muss ich unterschreiben? Noch eine Kleinigkeit, nenn mich Thony.« Er entblößt zwei strahlend weiße Zahnreihen.

Nach weiteren zwei Stunden raucht mir der Kopf, sodass ich um eine Pause bitte und ihm deute, mich nach draußen zu begleiten. Ich werde die Gelegenheit gleich beim Schopf packen und ihn meinen Eltern vorstellen. Wir treffen sie vor dem Fernseher im Wohnzimmer an.

»Hey ihr beiden, habt ihr einen Moment Zeit? Ich möchte euch mit jemanden bekanntmachen.« Ihre Aufmerksamkeit richtet sich auf meinen Begleiter, der lässig neben mir steht. Ihn scheint das alles kalt zu lassen, während ich tief durchatmen muss und wieder das Wort an sie richte.

»Das hier ist Anthony, ein guter Freund. Er hat angeboten, die nächste Zeit bei mir zu wohnen und auf mich aufzupassen. Was heißen soll, dass ihr wieder nach Hause fliegen könnt, nicht, weil ich euch loswerden will. Im Gegenteil, aber ich glaube, wir sollten alle wieder in geregelte Bahnen zurückfinden. Es geht mir gut und ihr könnt euch sicher sein, dass ich bei Thony in guten Händen bin.«

»Guten Abend, es freut mich Sie kennenzulernen.« Er streckt meinen Eltern die Hand entgegen, welche seine Geste sofort erwidern.

»Das kommt doch ziemlich plötzlich, Carmen«, meint meine Mutter.

»Stimmt, aber ich möchte euch nicht länger zur Last fallen, ihr habt zu Hause genug Arbeit mit meinen Geschwistern. Bitte macht euch keine Sorgen, ich werde versuchen mich jeden Tag bei euch zu melden. Zumindest für die nächste Zeit. Denn ihr wisst ja, wenn ich wieder voll einsatzfähig bin, werde ich es nicht immer schaffen.«

Mama seufzt, bevor sie meinen Vater ansieht. Sie ist gekränkt und es bricht mir das Herz, so unsensibel agieren zu müssen.

»Was meinst du, Liebling?«, fragt sie Paps und erntet ein Schulterzucken, während er weiterhin Anthony kritisch mustert. Innerlich verdrehe ich die Augen. Väter! Als ob Thony mir gleich an die Wäsche wollte.

»Wenn sie der Meinung ist, dass sie ohne uns klarkommt, dann sollten wir ihren Wunsch akzeptieren. Sie ist alt genug, um zu wissen, was sie tut.«

Lächelnd schließe ich ihn in die Arme.

»Danke Dad. Wie gesagt, seid mir bitte nicht böse, aber ich denke, es ist besser so. Anfang nächsten Jahres werde ich versuchen euch in Deutschland zu besuchen, bis dahin sind es nur noch zwei Monate.« Meine Mutter ebenfalls umarmend, küsse ich sie auf die Wange.

»Vielleicht hast du dich bis dahin ja auch wieder mit Gene versöhnt, er ist so ein netter Junge.« Der Seitenhieb von meinem Vater, der an Anthony gerichtet ist, lässt diesen jedoch unbeeindruckt.

»Er ist mehr Schein, als Sein«, schneide ich ihm das Wort ab und verziehe mich mit Thony in die Küche.

»Ich glaube, dein Dad hat schon eine Ahnung, was zwischen uns los ist.« Er wackelt mit den Augenbrauen, was mich zum Lachen bringt.

»Ja du bist ein potenzieller Kandidat für seine Schrotflinte«, gebe ich zurück und schalte die Kaffeemaschine ein. »Wie trinkst du deinen Kaffee? Ich glaube, das ist auch eine Frage, die wir beantworten können sollten.«

»Das ist ganz easy. Merk dir einfach: schwarz, wie meine Seele.«

»Da tun sich ja Abgründe auf, Thony. Ich bin gespannt, was ich noch so alles über dich erfahre in nächster Zeit.« Ihm das heiße Getränk reichend, bereite ich meines zu. »Nur zur Information, ich mag ihn mit Milch. Das kannst du dir gleich verinnerlichen.«

»Ich verstehe, du stehst also auf milchkaffeefarbene Haut …« Er zieht sein T-Shirt in die Höhe und streichelt über seinen Six-Pack Bauch. » …so wie meine, das ist der wahre Grund, weshalb du mich heiraten willst.«

Ich halte mir mittlerweile den Bauch vor lauter Lachen, auch wenn mir der Anblick eine kurze Hitzewelle beschert.

»Shhhh. Bist du verrückt. Nicht so laut. Ein Schock am Abend genügt. Sie sind nicht mehr die Jüngsten«, gebe ich ihm zu bedenken, falls meine Eltern etwas gehört haben sollten. »Und ja, das gefällt mir und langsam frage ich mich, warum du eigentlich schwul sein musst.« Thony ist anscheinend ein Mischlingskind. Was bedeutet, dass mindestens ein Elternteil dunkelhäutig sein muss. Verdammt, ich bekomme diesen Anblick von eben einfach nicht aus dem Kopf. Dabei bin ich noch nicht einmal auf Entzug, hatte ich doch erst gestern fantastischen Sex mit Gene. Meine Gedanken schweifen ab, als ich an meinem Kaffee nippe.

»Hallo?«, höre ich eine entfernte Stimme rufen und klammere mich weiter an den letzten Erinnerungen mit Gene fest. Ich möchte noch nicht zurück in die reale Welt, die so grausam und schmerzhaft ist. »Hey!« Wieder ertönt dieser nervige Laut, gepaart mit dem Stupsen eines Fingers an meinem Arm. Ich blicke in die braunen Kulleraugen von Anthony und möchte ihn am liebsten knutschen, weil er so niedlich ist und vielleicht auch, weil die Empfindungen noch nachhallen.

»Sag mal, ich rede hier die ganze Zeit mit dir und du bist im Nirwana mit deinen Gedanken. So funktioniert das aber nicht. Wenn wir erst einmal verheiratet sind, will ich der Einzige in deinem hübschen Köpfchen sein!« Er tippt mir gegen die Stirn, bevor wir beide in Gelächter ausbrechen.

»Wir werden viel Spaß miteinander haben«, sage ich und folge ihm wieder ins Arbeitszimmer. Dort können wir weiter ungestört reden, ohne dass es meine Eltern gleich mitbekommen.

»Ich bin gespannt, ob Nancy beim Standesamt etwas erreichen kann. Oh Gott, ich werde sicher auch noch einige Formulare aus Deutschland brauchen. Verdammt, da sollte ich mich wohl lieber gleich dransetzen«, murmle ich vor mich hin und tippe auf meinen Laptop, der bereits im Standby-Modus vor sich hinschlummert.

Nachdem ich ihn wieder in Betrieb nehmen kann, fliegen meine Finger über die Tasten.

»Okay, wir benötigen eine *Marriage License* und müssen einen Ehevorbereitungskurs besuchen. Die Sozialversicherungsnummern brauchen wir auch. Gebühr ist ebenfalls klar«, lese ich vor. Es scheint nicht kompliziert zu sein, aber die Tatsache, dass ich abgeschoben werden soll, wurde doch sicher irgendwo festgehalten. Das wird uns nie einer abkaufen! Wieder gerate ich in Panik.

Ich will nicht wieder nach Deutschland, da habe ich doch niemanden. Okay meine Familie, die ich liebe, aber sonst warten da nur gescheiterte Beziehungen auf mich, mit denen ich überall konfrontiert werde. Die einen sind verheiratet, die anderen haben bereits eine Familie. Bloß wer stünde dann wieder alleine da und hat nichts vorzuweisen? Die dumme schlaksige Braunhaarige mit den Korkenzieherlocken. Auf keinen Fall möchte ich erneut als Loser dastehen. Nie wieder! Dennoch bin ich diejenige, die es verbockt hat und nun auf Hilfe angewiesen ist.

Das Klingeln meines Telefons reißt mich aus den Gedanken.

»Hi, Nancy«, sage ich, nachdem ich mit einem Wisch über das Display den Anruf angenommen habe.

»Hi, Süße. Ich habe keine guten Neuigkeiten für dich, obwohl ich alles versucht habe, das kannst du mir glauben. Aber es gibt in ganz Florida frühestens in drei Wochen einen Termin auf dem Standesamt.«

»Das heißt, ich muss eine Instanz weitergehen?«, frage ich mehr mich selbst, als Nancy.

»Ja du solltest dir professionelle Hilfe suchen. Also ich meine einen Anwalt. Du weißt, von wem ich rede? Ihr habt doch die Connections zu den Besten der Besten«, stimmt sie mir zu .

»Hoffentlich können sie mir mehr Zeit verschaffen. Auf jeden Fall danke ich dir für deine Mühe.«

»Immer wieder gerne. Soll ich dir den Schnuckel vom Standesamt vielleicht mal vorstellen?«, fragt sie lachend und ich stimme mit ein.

»Ehrlich gesagt reicht mir ein Ehemann erst einmal.« Anthony wird hellhörig, während ich bereits auflege.

»Wollte sie dir etwa noch einen andrehen?«, fragt er gespielt entrüstet, was mich noch mehr zum Lachen bringt. Ich halte meine schmerzende Bauchhälfte und beiße mir auf die Zunge.

»Süßer, da ging es um andere Qualitäten, glaube mir.«

»Oh.« Sein Gesichtsausdruck ist unbezahlbar.

»Wie sieht dein Terminplan für nächste Woche aus? Wir müssten da eine kleine Reise nach New York unternehmen.«

»New York? Wohnt da nicht dein Typ?«, fragt Anthony und ich verdrehe die Augen.

»Ja leider, aber dort befindet sich auch die Anwaltskanzlei, die den besten Ruf des Landes genießt. Und wenn mir einer helfen kann, dann sind es diese Topanwälte, von denen eine die beste Freundin meiner Chefin ist.«

»Na, das klingt doch vielversprechend.«

»Abwarten. Fang schon mal an zu packen, Mann.«

Reise ins Ungewisse

»Aber wo willst du denn zu so später Stunde hin? Du bist doch noch gar nicht übern Berg«, meine Mutter steht vor mir und versperrt den Weg, als ich mich an ihr vorbei aus meiner Wohnung drängen will.

»Mom, bitte! Ich bin erwachsen und weiß, was zu tun ist und was nicht. Außerdem habe ich eine wichtige Angelegenheit zu regeln und falls du dir wirklich solche Sorgen machst, kann ich dich beruhigen, Thony wird mich begleiten.« Sie blickt erst zu mir und dann zu meinem Beschützer, bevor sie die Brauen in die Höhe zieht.

»Warum hast du nicht uns gebeten mitzukommen?«, fragt sie und schürzt die Lippen.

»Ach komm schon, ihr müsst doch nicht überall dabei sein. Thony und ich wollen ein bisschen Spaß haben, wenn du verstehst, was ich meine. Und jetzt entschuldigt uns bitte.« Ich schiebe mich samt Koffer an ihr vorbei und hauche ihr im Vorbeigehen einen Kuss auf die Wange. »Von mir aus könnt ihr noch ein paar Tage bleiben, aber ihr habt sicher Wichtigeres zu tun. Hab euch lieb. Bis Januar.«, rufe ich ihnen noch zu, bevor die Tür hinter mir ins Schloss fällt.

»Du bist ja ganz schön rabiat zu deinen Eltern«, meint Thony, bevor er mir den Koffer abnimmt und wir in den Fahrstuhl steigen, der uns in die Tiefgarage bringen wird.

»Keine Sorge, sie vertragen das schon. Sonst wäre ich sie nie losgeworden. Außerdem haben wir keine Zeit. Du musst noch Klamotten holen und einpacken, der Flieger wartet nicht.«

»Ich bin immer noch total fasziniert, wie du es in der kurzen Zeit geschafft hast einen Flug zu organisieren.«

»Tja, man muss nur für eine wichtige Person arbeiten, die richtigen Leute kennen und schon hat man ein paar sehr günstige Tickets für den nächsten Flug nach New York ergattert.«

Thony schüttelt lachend den Kopf.

»Das freut mich, denn dann werden sich einige Annehmlichkeiten für mich auftun, wenn wir verheiratet sind.«

»Das stimmt, ich werde dir das Leben an meiner Seite so angenehm wie möglich gestalten, da ich schon nicht mit anderen ehelichen Pflichten dienen kann.« Wir brechen in Gelächter aus, als wir in meinen Wagen steigen und kurz drauf den Weg zu Thonys Wohnung ansteuern.

»Soll ich im Auto warten oder dauert es länger?«, frage ich ihn, indes wir vor einem Hochhaus halten, das bereits bessere Zeiten gesehen hat.

»Du kannst ruhig mitkommen, es sieht von außen schlimmer aus, als es tatsächlich ist.«

»Na schön«, gebe ich mich geschlagen und folge ihm ins Innere des Gebäudes, das scheinbar zu neunzig Prozent von Studenten bewohnt wird, wie mir Thony erklärt.

»Achso, das heißt, du lebst hier in einer WG?« Er nickt und schließt die Türe zu seiner Wohnung auf, nachdem wir ein paar Stockwerke zu Fuß nach oben gegangen sind.

»Ich habe leider keine Ahnung in welchem Zustand die Wohnung gerade ist, also wundere dich bitte nicht, wenn es etwas chaotisch aussieht. Leider habe ich meine Mitbewohner noch nicht im Griff.«

»Das sind ja tolle Ausreden. Ich hoffe, dass es in meiner Wohnung nicht noch schlimmer aussieht, wenn dich deine Mitbewohner besuchen kommen.« Ein Grinsen kann ich mir dennoch nicht verkneifen, als er mich mit Schmollmund ansieht.

Als wir jedoch seine Studentenbude betreten, bin ich hin und weg.

»Du kleiner Scheißer lügst mich auch noch schamlos an. Das hier ist ja der Wahnsinn!« Wir stehen direkt in einem riesigen Wohnzimmer, welches nicht besser eingerichtet sein könnte.

»Nie und nimmer ist das hier eine WG! Du kannst mir nicht erzählen, dass du kein Geld hast, denn das, was hier drin steht, ist ein Vermögen wert.« Ich begutachte das Mobiliar weiter ganz genau, doch er zuckt nur mit den Schultern.

»Das ist nur die Kohle von meinen Eltern und ich habe sehr wohl Mitbewohner.« Er reckt trotzig das Kinn nach vorn und zeigt auf ein Aquarium, was mich nur wieder zum Lachen bringt.

»Na schön, wer sind denn deine Eltern, dass sie so viel Geld haben?«

»Ist das wichtig?«, stellt er mir stattdessen eine Gegenfrage. Das scheint wohl ein sensibles Thema zu sein.

»Okay, vertagen wir dieses Gespräch. Beeil dich bitte mit Packen, ich werde derweil bei Black & Chase anrufen und fragen, ob sie überhaupt Zeit für mich haben.« Thony verschwindet im Nebenzimmer, während ich die Nummer der Kanzlei wähle, in der sonst auch Pia arbeitet. Ein Glück, dass sie noch in den Flitterwochen verweilt. Wie erwartet meldet sich zuerst die Sekretärin der beiden und verbindet mich weiter, nachdem ich ihr mitteile, wer ich bin.

»Carmen, was verschafft mir die Ehre?«, fragt mich Warren mit dunkler Stimme, welche mich am anderen Ende der Leitung erröten lässt. Verdammt, dieser Kerl ist aber auch heiß. Ich kenne keine Frau, die ihn von der Bettkante stoßen würde.

»Hallo, Warren«, nervös stammelnd, weiß ich gar nicht, wo ich am besten beginnen soll. »Ich habe da ein Problem und hoffe, dass ihr mir dabei helfen könnt es aus der Welt zu schaffen. Dafür brauche ich aber eure absolute Verschwiegenheit. Kein Wort zu Pia und noch viel weniger zu Yamina.« Während ich mich auf die weiße Ledercouch in Thonys Wohnzimmer sinken lasse, antwortet Warren.

»Du müsstest wissen, dass Diskretion selbstverständlich ist. Worum genau handelt es sich bei diesem ... Problem?«

»Ich würde es ungern am Telefon besprechen, mir ist wichtig zu wissen, ob ihr Zeit für mich haben werdet. Mein Flieger geht bereits in einer Stunde.«

»Moment mal, du willst fliegen? Bist du nicht erst aus dem Krankenhaus entlassen worden?« Seine Stimme klingt nicht mehr ganz so entspannt wie vorher.

»Keine Sorge, es geht mir gut und es ist wirklich wichtig. Es kann nicht warten.«

»In Ordnung, das heißt, wir können bereits heute Abend mit dir rechnen?«

»Damit rettet ihr mir wahrscheinlich das Leben«, sage ich und meine es auch genauso.

»Gut, dann schicke ich dir nachher eine Adresse per Mail, dort wirst du uns antreffen.« Er legt auf und ich schließe ein wenig erleichtert die Augen. *Wenn sie sich des Falles annehmen, kann es nur gut ausgehen oder?*

Auf Thony wartend, massiere ich mir die Schläfen. Zu allem Überfluss plagen mich die Gedanken an Gene. Mir war klar, dass ich nicht von heute auf morgen mit ihm abschließen kann, jedoch scheint dieser Kampf härter zu sein, als ich es mir je vorgestellt habe. Die Hochzeit mit Thony wird die Gefühle zu Gene nicht einfach vertreiben, das weiß ich selbst, aber zumindest brauche ich dann keine Angst mehr zu haben, dass er sich bei mir meldet. Wenn ich einen Neuen habe, wird ihn das hoffentlich genug abschrecken, um mir weiterhin aus dem Weg zu gehen.

»Können wir dann? Ich bin so weit.« Mit dem Koffer im Schlepptau steht Anthony bereits an der Tür.

Gefühlte zehn Stunden später landet das Flugzeug in New York. Wir haben wenig bis gar nicht geredet und ich verfalle immer mehr in Melancholie. Wo ist eigentlich der Tequila, wenn man ihn braucht? Das ist das Stichwort, wenn wir heute Abend bei Helen und Warren aus der Türe gehen, werde ich mich mit Thony betrinken! In irgendeiner Bar wird es sicher Tequila geben, der nur darauf wartet von uns vernichtet zu werden.

Am Gepäckband wartend, spreche ich Anthony auf mein Vorhaben an.

»Wie trinkfest bist du eigentlich? Du magst doch Alkohol?«

»Was ist das denn für eine Frage? Willst du mich etwa abfüllen und gefügig machen?« Er lacht und ich runzle verwirrt die Stirn.

»Ich glaube, du wärst der Erste, der mit mehreren Promille im Blut noch etwas zu Stande bringt.« Lachend schnappe ich mir meinen Koffer vom Band und warte, bis auch Thony seinen ergattert hat.

»Nein, ich finde, wir sollten nach dem Gespräch mit den Anwälten um die Häuser ziehen. Ich muss mich heute im Alkohol ertränken. Bist du dabei?«

»Ach, wenn es nur das ist. ... Klar, bin ich dabei. Da können wir ja gleich auf unsere Verlobung anstoßen.« Ich nicke, mir weiter einen Weg aus der Flughafenhalle bahnend.

»Vielleicht lockert sich dann ja auch mal deine Zunge ein wenig und ich erfahre ein bisschen mehr über dich«, sage ich unverblümt und steuere das erstbeste Taxi an, als wir nach draußen treten.

»Ich bin mir nicht sicher, ob du das wirklich alles von mir wissen willst«, entgegnet er mit deutlichem Zweifel im Gesicht.

»Tja Schätzchen, da wir bald heiraten, muss ich alles von dir erfahren, denn das sind die Dinge, die sie von uns wissen wollen.« Er kratzt sich bei meinen Worten verlegen am Hinterkopf, indes der Taxifahrer unsere Gepäckstücke in den Kofferraum verfrachtet und wir es uns auf der Rückbank gemütlich machen. »Jetzt aber erst einmal zum Hotel und dann zu Black & Chase«, gebe ich ihm vorläufig Entwarnung und nenne dem Fahrer die Adresse unserer Unterkunft.

Der Check-in sowie die Weiterfahrt zu Warrens Haus verliefen problemlos. Ich begleiche die Schulden beim Taxifahrer, bevor wir aus dem Wagen steigen. Ehrfürchtig blicke ich dem riesigen Komplex entgegen. Hier also werden uns Warren und Helen empfangen. Anthony pfeift anerkennend durch die Zähne und bekundet damit genau das, was mir auch durch den Kopf geht.

»Das nenne ich mal eine Residenz. Vielleicht sollte ich doch noch den Studienzweig wechseln und Anwalt werden.«

»Das heißt ja dann noch lange nicht, dass du so gut sein wirst, wie die beiden. Außerdem sieht Warren unfassbar gut aus, also halt dich bitte zurück, wenn wir da rein gehen.« Grinsend laufe ich neben ihm den Weg zum Eingang entlang.

»Willst du mich etwa eifersüchtig machen, Weib?«, fragt er mich gespielt geschockt.

»Sag nachher nicht, ich hätte dich nicht gewarnt«, erinnere ich ihn und betätige die Klingel. Keine Minute später öffnet sich die Tür und der *Sexgott himself* steht vor uns.

»Das ging ja wirklich flott. Hallo, Carmen.« Er reicht mir die Hand begrüßt mich mit zwei Wangenküssen. Verlegen räuspernd, lasse ich schnell von ihm ab, da mein Körper bereits verräterische Signale sendet.

»Hi Warren, das hier ist Anthony. Ich hoffe, es stört euch nicht, dass er dabei ist, aber er könnte die Lösung für mein Problem sein«, gebe ich zu verstehen, indes Warren uns Einlass gewährt.

»Geht schon einmal vor ins Wohnzimmer. Ich hole nur eben etwas zu trinken. Helen ist bereits dort.« Wir folgen der Richtung, die er uns zuvor gewiesen hat.

»Was für eine Überraschung, meine Liebe. Du hast echt Nerven hier einfach aufzutauchen und uns völlig im Dunkeln tappen zu lassen.« Helen umarmt mich, während ich schon den Tränen nahe bin. »Setzt euch«, bietet sie uns an, nachdem ich Thony auch ihr vorgestellt habe.

»Ich bin sehr gespannt, welches Problem uns erwartet und was dieser junge Mann damit zu tun hat.« Sie mustert ihn kritisch, derweil Warren das Wohnzimmer betritt. Sofort heftet sich Helens Blick auf ihn und ich beneide sie um das, was die beiden haben. Er stellt ein mit Gläsern und Flaschen bestücktes Tablett auf dem Couchtisch ab, bevor er sich auf den freien Sessel uns gegenüber setzt.

»Dann schieß mal los«, fordert er mich auf und ich sinke etwas weiter zurück in das Sofakissen. In diesem Moment wünsche ich mir mich in Luft auflösen zu können. Nicht nur weil mir die ganze Angelegenheit unsagbar peinlich ist sondern auch, weil Warren mich so sehr einschüchtert, dass mir kein Ton über die Lippen kommen will.

»Na gut. Also das Problem ist Folgendes. Ich Idiot habe vergessen mein Visum zu verlängern und soll bereits in zwei Wochen des Landes verwiesen werden. Ihr könnt euch sicher vorstellen, was das für mich bedeutet. Der Fauxpas den ich mir hier geleistet habe, stellt eine absolute Katastrophe dar. Die Rolle, die Anthony bei der ganzen Sache spielt ist simpel. Wir werden heiraten, wobei wir auch schon beim nächsten Problem wären. In den nächsten drei Wochen ist leider kein Termin auf dem Standesamt frei.« Helens Augen sind weit aufgerissen, während Warren mich weiterhin unbeeindruckt anschaut. Er schwenkt lediglich sein Glas ein wenig, sodass die goldbraune Flüssigkeit darin hin- und herschwappt.

»Ja, das ist mal die grobe Zusammenfassung von dem, was ich euch erzählen kann. Selbstverständlich habe ich sämtliche Unterlagen dabei und bete zu Gott, dass ihr eine Möglichkeit findet, mir irgendwie zu helfen. Sei es nur drum mehr Zeit rauszuschlagen.«

»Aber warum er und nicht Gene?«, fragt mich Warren und ich merke, wie mir das Blut in die Wangen schießt. Instinktiv wissend, dass ich damit konfrontiert werde.

»Ich glaube nicht, dass wir vor meinem zukünftigen Mann über Gene sprechen sollten«, gebe ich zu bedenken, um dem ganzen Thema zu entgehen, doch Warren kneift nur die Augen ein wenig zusammen.

»Wir sind nicht dämlich Carmen, wir wissen, dass diese Beziehung genauso echt ist, wie eine Pradahandtasche auf dem Basar in Downtown.«

Ich schlucke, denn eigentlich war mir klar, dass sie mich schnell durchschauen würden.

»Was hast du dir bloß dabei gedacht?«, fährt mich Helen an und ich zucke zusammen. »Du darfst doch nicht einfach eine Scheinehe eingehen. Kannst du dir vorstellen, was geschieht, wenn das herauskommt? Das hat doch noch viel schlimmere Folgen als eine Ausweisung. Ich kann deine Verzweiflung verstehen, aber warum hast du uns denn nicht schon früher kontaktiert? Bin ich froh, dass kein Termin mehr frei war, sonst hättest du diesen Blödsinn wahrscheinlich tatsächlich gemacht.« Sie fährt sich aufgebracht durch die Haare. »Dir junger Mann, würde ich raten ganz schnell dahin zurückzugehen, wo du hergekommen bist, denn auch du kannst dich damit ins Unglück ...«

»Warte einen Moment, Helen.« Unterbricht Warren sie und wir richten alle gespannt unser Augenmerk auf ihn. »Vielleicht ist die Idee doch gar nicht so übel. Zumindest für den Anfang, um uns ein wenig Zeit zu verschaffen.« Er lächelt und alleine dafür möchte ich ihm um den Hals fallen. Warren hat einen Plan, was mir ungemein imponiert.

Dancing Queen

Sein Smartphone zückend, wählt er eine Nummer. Mit der anderen Hand schwenkt Warren weiterhin den Whisky, seine Miene bleibt ausdruckslos.

»Pam, schön dich zu hören«, haucht er mit der unwiderstehlichen dunklen Stimme in den Hörer, welcher auch ich schon verfallen bin. »Ich habe mich gerade daran erinnert, dass du mir noch einen Gefallen schuldig bist.«

Wir alle lauschen gespannt seinen Worten. Ich bin mir sicher, dass Helen gar nicht wissen will, warum er etwas gut bei dieser Pam hat.

»Eine Mandantin von mir benötigt ein paar Tage mehr Zeit in ihrer Visumsangelegenheit. Vielleicht könntest du dir das ja mal ansehen ... Natürlich weiß ich, dass dieses Unterfangen nicht einfach wird ... Vertrau mir, sie ist keine Verbrecherin, aber das Leben hat ihr in letzter Zeit ganz übel mitgespielt. Sie arbeitet hart und war gerade dabei ihre Hochzeit zu planen, als sie angeschossen wurde und für zwei Wochen im Krankenhaus lag. Möglicherweise hast du sogar von der Sanchez Sache gehört ... Dachte ich mir ja ... Genau der Stress rund um die bevorstehende Fashion Week und die Hochzeit ... Selbstverständlich schicke ich dir ihre Daten morgen zu ... Ich danke dir Pam, treffen wir uns nächste Woche zum Dinner?« Die Gesprächsfetzen reichen, um zu wissen, dass seine Masche funktioniert hat. Leider bewirkt die Tatsache auch ein sichtliches Versteifen Helens auf dem zweiten Sessel mir gegenüber. Wusste ich es doch, da sind mehr Gefühle im Spiel, als die beiden zugeben.

»So Carmen, das wäre geklärt. Pam arbeitet bei der Behörde. Ich gehe davon aus, dass sie uns genug Zeit verschaffen wird, damit wir uns um das eigentliche Problem kümmern können. Eine Hochzeit wäre tatsächlich förderlich, in

Anbetracht der Umstände allerdings relativ unglaubwürdig. Immerhin bist du in der Vergangenheit bei öffentlichen Veranstaltungen nicht mit ihm unterwegs gewesen.« Warren zeigt auf Anthony und ich nicke seufzend.

»Ich weiß, aber Gene kommt nicht in Frage, er hat mich hintergangen! Außerdem ist er bereits verheiratet.« Die Anwälte tauschen einen Blick miteinander, der mich stutzig macht. »Was?«, will ich wissen, doch sie schütteln beide den Kopf.

»Wir glauben, du solltest dich mit ihm noch einmal unterhalten«, schlägt Helen vor, doch nun ist es an mir dankend abzulehnen.

»Sorry, aber der Zug ist abgefahren. Sagt mir lieber, was ich tun kann, damit mein Visum verlängert wird.«

»Darüber müssen wir noch beraten. Zunächst durchleuchten wir eingehend die Rechtslage. Wäre es in Ordnung für dich, wenn du morgen in der Kanzlei vorbeischaust und wir dort alles Weitere besprechen?« Nickend bejahe ich Warrens Frage und erhebe mich.

»Danke, für eure Hilfe. Ihr wisst gar nicht, was mir das bedeutet.«

»Es ist unser Job und außerdem bist du unsere Freundin.« Helen umarmt mich und reicht Anthony die Hand. »Mach keinen Blödsinn, hörst du?«, redet sie mir noch einmal ins Gewissen, trotzdem möchte ich erst das morgige Gespräch abwarten. Bedauerlicherweise reicht uns Warren lediglich die Hand. Eigentlich hätte ich ihn lieber umarmt, doch Anthony und ich verlassen alsbald seine Residenz, bevor ich in Versuchung gerate.

»Wow, der Typ ist der Hammer!«, bestätigt Thony meine Worte, bevor wir uns nach einem Taxi umsehen.

»Du sagst es, Süßer. Weißt du, was wir jetzt machen? Wir betrinken uns hemmungslos und ich weiß auch schon wo.« Automatisch wischt mein Finger über das Handydisplay, beinahe sofort finde ich die Nummer des Clubbesitzers, den ich sofort anrufe.

»Hi, Carmen? Geht es dir gut? Ich habe gehört, was passiert ist.« Kaum redet er davon, wandert eine Hand an meine Bauchseite.

»Ja, ich bin schon wieder auf dem aufsteigenden Ast, aber der eigentliche Grund meines Anrufs, ist folgender: Ich würde gerne heute Abend mit einem Freund bei dir im Club vorbeischauen. Da es ja mit der Fashion Week dieses Jahr nicht geklappt hat, werden Yamina und Co wahrscheinlich nächsten Monat die Promotion hier in New York nachholen. Dafür würde ich mich gerne ein wenig umsehen, vielleicht können wir deinen Club ja dafür nutzen.«

»Es wäre mir eine Ehre, maile mir eure Namen, ich setze euch dann sofort auf die Gästeliste.« Grinsend verabschiede ich mich. Auf seiner Gästeliste zu stehen bedeutet auch, dass wir den gesamten Abend nichts zahlen müssen.

»Hab ich schon erwähnt, dass es genial ist für Yamina Sanchez zu arbeiten?«

Thony schüttelt den Kopf.

»Dann lass dir gesagt sein, dass wir nachher ins *Provocateur* fahren und einen schönen Abend auf Kosten des Hauses erleben werden. Wenn uns das zusagt, überlege ich vielleicht wirklich den Club für die Promotion in Betracht zu ziehen.« Das sage ich eher zu mir selbst, ernte dafür aber ein Lachen von Anthony.

»Du bist ein ganz schönes Miststück«, behauptet er und ich falle in sein Gelächter mit ein.

»Na hör mal, redet man so mit seiner zukünftigen Braut?« Eilig schicke ich unsere Namen per E-Mail raus und mache es mir auf dem Rücksitz des endlich aufgetauchten Taxis gemütlich.

Im Hotel angekommen beziehen wir unser gemeinsames Zimmer, welches ich gewählt habe, um den Schein zu wahren. Für andere soll es weiterhin so aussehen, als seien wir ein Paar. Nun wissend, dass Anthony schwul ist, stört es mich nicht sonderlich mich vor ihm zu entkleiden und umzuziehen.

Statt dem klassischen *Kleinen Schwarzen,* fällt die Wahl heute auf ein Minikleid im Animal Print, einem Mix aus Zebrastreifen und Leo Muster. Der seidenweiche Stoff schmiegt sich an meinen Körper wie eine zweite Haut. Die Neckholderbänder und die Passform durch das Bandeau bringen darüber hinaus meine Formen gut zur Geltung.

Als ich wenig später aus dem Bad komme, pfeift Anthony anerkennend. Meine Haare habe ich hochgesteckt, nur ein paar Locken fallen leger heraus und geben dem ganzen Look keinen allzu biederen Touch. Aufgrund der Tatsache heute privat unterwegs zu sein, habe ich mich auch nur für ein dezentes Make-up entschieden.

»Danke, du siehst auch nicht übel aus«, gebe ich das Kompliment gleich an meinen Begleiter zurück. Dunkelblaue Jeans und ein enganliegendes schwarzes T-Shirt betonen seine muskulöse Statur. Dieses Outfit würde im Normalfall sofort mein Kopfkino anregen, aber das erscheint mir ihm bezüglich gänzlich unpassend.

»Du bist wirklich sicher, dass du auf Männer stehst?«, vergewissere ich mich, könnte mir gleichzeitig aber in den Hintern beißen für diese unqualifizierte Frage.

»Ganz bestimmt. Tut mir leid, wenn ich dich enttäuschen muss. Aber ich garantiere dir einen schönen Abend, um den dich alle Frauen im Club beneiden. Wir werden nicht nur die Alkoholvorräte vernichten, sondern auch die Tanzfläche rocken.« Sein schelmisches Grinsen stimmt mich versöhnlich, also beschließe ich nichts weiter zu sagen und mich überraschen zu lassen. Allem Anschein nach ist er ein guter Tänzer. Das soll mir recht sein.

Das *Provocateur* ist ein grandioser Club. Da ich durch Yamina schon das ein oder andere Mal in den Genuss dieser Location gekommen bin, ist es mir eine Freude heute einmal allein hier sein zu können. An der langen Schlange von Wartenden vorbeigehend nenne ich dem Türsteher unsere Namen. Dieser öffnet sofort die klassisch rote Absperrkordel und lässt uns passieren. Ich bedanke mich nickend und hake mich bei meinem »Verlobten« ein. Der kleine Nachtclub ist schon gut gefüllt, als wir den eigentlichen Dancefloor betreten. An ein paar der Sitzgruppen vorbeigehend entdecke ich, dass uns das vorherige Telefonat sogar einen reservierten Platz beschert hat. Ich freue mich und ziehe Anthony mit mir an den für uns vorgesehenen Tisch. Indes wir uns auf das u-förmige Ledersofa niederlassen, wird auch schon eine Flasche Dom Pérignon in einem Kühler serviert. Die Kellnerin schenkt uns sogleich davon ein, während wir noch ein paar zusätzliche Cocktails bestellen. Anthony reicht mir ein Glas und wir prosten uns lächelnd zu. Das prickelnde Getränk rinnt meine Kehle hinab und ich sehne mich bereits nach dem Cocktail. Warum nur ist Champagner überhaupt so beliebt? Hat sich denn noch keiner getraut zu sagen, dass das Zeug fürchterlich schmeckt? Egal, die Wirkung lässt mich darüber hinwegsehen, also leere ich das Getränk und gieße mir sofort nach. Schließlich habe ich allen Grund mich zu betrinken.

»Denk daran mir Bescheid zu geben, wenn es nicht mehr geht, du hast immer noch verordnete Schonfrist.« Anthony mustert mich kritisch, indes ich bereits das zweite Glas an meinen Lippen ansetze.

»Mach dich locker, ich weiß schon, wie weit ich gehen kann. Lass uns lieber gleich mal tanzen.« Ihm gar nicht erst die Gelegenheit gebend zu protestieren, schleppe ich ihn geradewegs auf die kleine Tanzfläche. *Sweat* von *David Guetta und SnoopDogg* lässt die Menschen um uns herum ausflippen und wir fallen sofort mit unseren Bewegungen in den Beat ein. Anthony packt mich an den Hüften und rückt ein Stück näher. Unter den richtigen Umständen fände ich das sogar heiß, extrem sexy um genau zu sein. Aber die Tatsache, dass er schwul ist und mein Herz immer noch an dem blauäugigen Idioten hängt, lässt mich nur für einen kurzen Moment die Annäherung genießen. Um den Schein zu wahren, steige ich schlussendlich doch auf seine Angebote ein und bewege mich mit ihm zur Musik.

Es sieht beinahe so aus, als hätte Thony noch nie etwas anderes gemacht. Nach nur drei Songs bin ich fix und fertig und bitte um eine Pause.

Die Cocktails warten bereits an unserem Platz, wovon ich einen kräftigen Schluck nehme. Während wir uns auf die Couch fallen lassen, beobachtet Anthony die Umgebung und ich werfe, mit dem Strohhalm zwischen den Lippen, einen Blick auf mein Smartphone. Sobald ich nur den Namen lese versetzt es mir einen Stich in die Magen- und Herzgegend. Gene.

Unzählige Nachrichten und Anrufe, aber ich will sie nicht lesen, möchte keine neuen Lügen aufgetischt bekommen. Warum kann er mich nicht einfach in Ruhe lassen? Soll er doch mit seiner Frau glücklich werden, oder sich eine andere Affäre suchen, die da mitspielt.

Ich jedoch steige jetzt aus dem Spiel aus, möchte nicht auch noch den Rest von mir verlieren. Denn mein Herz gehört ihm bereits, aber meine Würde, die behalte ich.

Diese Worte sagte ich vor ein paar Stunden zu mir selbst, während ich auf mein Handy starrte und seine Nachrichten las. Noch bevor die Cocktails und der Champagner mein Urteilsvermögen trüben konnten.

Beschwipst wie schon lange nicht mehr verabschiede ich mich vor dem Club von Anthony und sage ihm, er solle ins Hotel zurückfahren, denn ich hätte noch etwas zu erledigen. Widerwillig lässt er mich davon und in Richtung des nächsten Taxis torkeln. Dem Fahrer eine Adresse ins Ohr säuselnd, bin ich stolz auf mich, weil ich das noch so gut hinbekomme. Das Gute an meinem jetzigen Gemütszustand ist die Gleichgültigkeit, die ich empfinde. Weder Aufregung verspürend, noch habe ich eine Erwartungshaltung, was mir bevorsteht. Warum war mir schon im Vorfeld klar, wie dieser Tag enden würde? Die *Stimmen* werfen in meinem Kopf mit Antworten um sich, aber ich versuche sie so gut es geht zu ignorieren. Sie sind diejenigen, die mich immer wieder nachgeben lassen und in Versuchung führen.

Nur kurze Zeit später hält der Wagen, ich steige aus und begleiche die Schulden. Meine Beine fühlen sich wie Wackelpudding an, als ich vor dem Hochhaus stehe, den Kopf in den Nacken lege und nach oben schaue.

»Ach scheiße«, fluche ich und mache mich auf den Weg ins Gebäudeinnere. Der Nachtportier erkennt mich noch, also grüße ich ihn kurz, bevor ich den Fahrstuhl ansteuere und mich von jenem in die richtige Etage bringen lasse. Dort angekommen torkle ich den langen Flur entlang. Das Geräusch meiner Heels auf dem Marmorfußboden hallt mit einer Lautstärke durch den Gang, die ein unangenehmes Pochen in meinem Kopf hervorruft. Unbeirrt setze ich den Weg fort, da ich mich nicht mehr dazu in der Lage sehe auf Zehenspitzen zu gehen. Vor einer Tür stehenbleibend, klopfe ich, aber erst nachdem ich mich erneut vergewissert habe, wie spät es ist. Vier Uhr morgens! Das ist eine gute Zeit um seinen Frust freien Lauf zu lassen, vor allem im alkoholisierten Zustand, kommt einem das immer so plausibel vor.

Zunächst geschieht nichts, also klopfe ich wieder, etwas lauter und länger. Wartend will ich nach einer Weile zum nächsten Versuch ansetzen, doch die Tür öffnet sich. *Verdammt!*

Nur in Shorts, mit verschlafenem Blick und verstrubbeltem Haar steht er mir gegenüber. Mein Gene.

Alle zurechtgelegten Worte sind wie weggeblasen.

»Camelie?« Er fährt sich durch die wirr abstehenden Haare. »Du bist hier? Komm doch rein.« Verneinend, wünschte ich mir in diesem Moment einen klaren Kopf.

»Nein, will dich ... und deine Frau nicht stören«, sage ich langsam, um nicht zu nuscheln.

»Ich bin allein«, antwortet er und meine Beine laufen wie von selbst in sein Apartment.

»Wo warst du? Du bist ja betrunken«, stellt er fest, als ich an ihm vorbei zum Sofa schwanke.

»Wenn hier jemand Fragen stellen darf, dann ist das ja wohl meine Wenigkeit«, gebe ich schnippisch zurück und atme tief durch.

Wenig später taucht er mit einem Kaffee auf und setzt sich neben mich.

»Trink das und dann solltest du schlafen gehen. Ich glaube, es macht heute keinen Sinn mehr zu reden.«

»Für dich macht es doch nie Sinn zu reden, denn wenn du etwas sagst, ist es sowieso nur gelogen«, entgegne ich und leere den Espresso in einem Zug. Aber sein Vorschlag hört sich auf einmal so verlockend an. Schlafen ...

Auf keinen Fall darf ich mit ihm in einem Bett liegen!

»Es war ein Fehler herzukommen, ich gehe wieder zurück ins Hotel.« Als ich mich aufrichten will, zieht mich Gene an sich.

»Du darfst mich dieses Mal nicht verlassen, auf keinen Fall, bevor wir geredet haben.« Seine Lippen sind dicht an meinen, berühren sie fast. Mein Verstand ist zu benebelt um einen klaren Gedanken zu fassen, also geschieht das Unausweichliche. Wir küssen uns, erst nur zögerlich, an den anderen herantastend, vorsichtig die Grenzen auslotend, dann schließlich immer leidenschaftlicher.

Nein, so war das aber nicht geplant, denke ich wütend auf mich selbst, während wir schon auf dem Weg ins Schlafzimmer sind.

Die Qual der Wahl

Schon als Gene die Tür nur mit Shorts bekleidet geöffnet hatte, wusste ich, dass es kein gutes Ende nehmen würde. Immerhin befinde ich mich in genau diesem Moment in seinem Bett, mit der tollen Satinbettwäsche, die meine erhitzte Haut angenehm kühlt. Er liegt zwischen meinen Beinen, unsere Lustzentren sind nur noch durch den Stoff der Unterwäsche voneinander getrennt und ich bin wahnsinnig scharf auf ihn. Auch wenn es nur am Alkohol liegen sollte, weiß ich, dass ich in diesem Augenblick nicht stoppen könnte. So sehr ich auch dagegen ankämpfe, liebe ich ihn. Alles an ihm zieht mich magisch in seinen Bann. Ich will ihn küssen, schmecken und fühlen, denn ich kann nicht genug von Gene bekommen. Seine Reaktion auf meine Berührungen bestätigt, dass es ihm genauso geht. Endlich kann ich die negativen Ereignisse der letzten Tage verdrängen, mich fallen lassen und ihm vollkommen hingeben. Ich dränge ihn dazu sich auch des letzten lästigen Stück Stoffes zu entledigen, damit wir uns endlich vereinen können. Die Sehnsucht nach seiner Nähe zermürbt meinen letzten Widerstand, auch wenn mir bewusst ist, dass es nicht von Dauer sein wird. Den Slip nach unten schiebend, warte ich auf das erlösende Gefühl Gene in mir zu spüren. Gierig küssend dringt er in mich ein und ich schlinge alsbald meine Beine um seine Hüften. Gene gibt das Tempo vor, erst zärtlich und zurückhaltend, jedoch wissen wir beide, dass es nicht das ist, was wir brauchen. Mit den Bewegungen meines Beckens fordere ich ihn auf, sich härter, weniger gefühlvoll in mir zu versenken. Mein Stöhnen treibt ihn an und ich schließe genussvoll die Augen, während ich langsam meinem Höhepunkt entgegentreibe.

Erschrocken schlage ich die Lider auf. Ich befinde mich in Genes Wohnung und nicht zu Hause. *Verdammt!*

Vorsichtig auf die andere Seite drehend, bin ich irgendwie erleichtert, dass er noch schläft. Kurz erlaube ich mir seinem schlafenden Anblick beizuwohnen, derweil sein Brustkorb sich im gleichmäßigen Rhythmus hebt und senkt. Wie sehr wünschte ich, dass dieser Moment ewig anhält. Es wäre zu schön gewesen jeden Morgen neben ihm aufzuwachen. *Aber es hilft ja alles nichts.* Leise versuche ich aus dem Bett zu steigen und sammle meine Klamotten zusammen. Mein Ziel ist die Flucht ohne großes Aufsehen zu erregen. Nachdem ich aus dem Schlafzimmer geschlichen bin, schlüpfe ich im Bad nebenan in meine Kleider vom gestrigen Abend. Angewidert verziehe ich die Lippen, entferne die Make-up-Reste von meinem Gesicht und husche weiter ins Wohnzimmer. Als ich gerade meine Handtasche schnappen will, registriere ich Gene hinter mir. *Man meint es aber auch wirklich nicht gut mit mir.* Resigniert drehe ich mich um und lächle leicht.

»Ich bin dann mal weg. Deine Frau wird sicher gleich hier sein«, sage ich mit verächtlichem Unterton. Gene legt seinen Kopf ein wenig schräg, als würde er zuerst darüber nachdenken wollen, was er sagt, doch stattdessen schüttelt er ihn nur.

»Wenn du dich einen Moment hinsetzen würdest, könnte ich dir alles erklären. Es ist alles ganz anders, als du denkst.« *Natürlich! Und im Himmel ist Jahrmarkt!* Denke ich und wende mich wieder zum Gehen ab.

»Warte!« Er greift nach meinem Arm und zieht mich an sich. »Bitte gib mir eine Chance.« Seine blauen Augen leuchten mich erwartungsvoll an, aber ich kann nicht, habe doch so viele andere Probleme. Die Lügerei kann und will ich ihm nicht verzeihen, also was bleibt mir zu tun? Gleiches mit Gleichem vergelten.

»Nein, es war ein Fehler herzukommen. Eigentlich wollte ich dir gestern nur sagen, dass ich heiraten werde. Mein Verlobter wartet im Hotel auf mich und ich bete, dass er sich noch nicht gefragt hat, wo ich bin«, flunkere ich und sehe, wie Gene sämtliche Farbe aus dem Gesicht weicht. Das Funkeln in seinen Augen erlischt und ich ohrfeige mich gedanklich dafür, dass ich ihn so verletzen muss. Er wird nun eine gewisse Ahnung davon haben, wie es mir in den letzten Tagen ergangen ist. Sein Griff um meinen Oberarm lockert sich. Er gibt mich frei, starrt jedoch weiterhin stumm mit verletztem Ausdruck im Gesicht vor sich hin.

»Es tut mir leid«, flüsternd drehe ich mich um und flüchte aus seiner Wohnung, bevor er die Tränen sehen kann, die mir über die Wangen rinnen.

Du bist so dämlich, meckert eine der *Stimmen* mit mir und ich schluchze umso mehr. *Hör nicht auf sie, du hast alles richtig gemacht. Er hat es nicht anders verdient. Kümmere dich zuerst um deine eigenen Probleme*, sagt die Nächste und ich bin einmal mehr in meinen Gedanken gefangen. Wie in Trance ergattere ich vor dem Gebäudekomplex ein Taxi und lasse mich ins Hotel bringen, kaum glaubend, dass ich Gene schon wieder verfallen bin. *Daran ist nur der Alkohol schuld*, versuche ich mir einzureden und steige wenig später aus dem Wagen.

Leise das Hotelzimmer betretend, finde ich einen schlafenden Thony vor, bei dem ich mich ausheulen werde, sobald ich geduscht und umgezogen bin. Er ist nicht umsonst mein Verlobter, also muss er mir zuhören, in guten wie in schlechten Zeiten.

Indes ich unter der Dusche stehe und meinen Körper einseife, versuche ich noch einmal den gestrigen Abend Revue passieren zu lassen. Unfassbar, dass ich mich wirklich so dermaßen abgeschossen habe und dann auch noch Gene aufgesucht habe. Ein Glück, dass seine Frau nicht da war. Wer weiß, was ich ihr an den Kopf geworfen hätte, wäre ich ihr dieser Person begegnet. In einem derartigen Zustand ist mit mir nicht zu spaßen und noch viel weniger gut Kirschen essen.

Meine Haut brennt noch von Genes Berührungen und ich wünschte, der Alkohol hätte einen Filmriss bei mir hinterlassen, damit ich mich nicht mehr daran erinnern muss. Die Kopfschmerzen sind kaum auszuhalten und der Magen hängt in den Kniekehlen. Es wird Zeit das Frühstücksbüffet zu stürmen und ein paar Aspirin einzuwerfen. Voller Tatendrang drehe ich den Wasserhahn ab und öffne die gläserne Duschwand. Erst da fällt mir Thony auf, der im Türrahmen lehnt und mich verstohlen mustert.

Ähm, hab ich etwas verpasst?, frage ich mich und greife schnell nach einem Handtuch, welches ich mir um den Körper schlinge. Okay, er ist schwul, aber dennoch ist es ein wenig merkwürdig ihm völlig nackt gegenüberzustehen, denn eigentlich ist er weiterhin ein Fremder für mich.

»Entschuldige, habe ich dich geweckt?«, frage ich schlechten Gewissens und wickle die Haare in ein zweites Handtuch.

»Ja, aber das macht nichts. Ich bin froh, dass du heil zurück bist.«

»Was soll schon passieren. Ich bin betrunken zu meinem Ex gefahren.« Gespielt lachend betrachte ich mich im Spiegel über dem Waschbecken. »Warum zum Teufel hast du mich nicht davon abgehalten. Du bist mein ›Fast-Mann‹ und ich habe dich verdammt nochmal betrogen«, schluchzend drehe ich mich zu ihm um. Thony hält bereits die Arme weit offen, indes ich mich an seine Brust werfe. Er streichelt mir sanft über den Rücken und ich lasse meinen Gefühlen freien Lauf.

Nach einer Weile schiebt mich Anthony sanft von sich.

»Hey, Süße. Hör auf zu weinen. Was hast du vor, was ist dein Plan?«, fragt er mich, während ich mir aus dem Kosmetiktuchspender ein paar Taschentücher herausnehme. Die Tränen wegwischend zucke ich mit den Schultern.

»Ich habe ihm gesagt, dass ich heiraten werde und die Nacht ein Fehler war.«

»Gut, denn das dürfte nun auch seine letzte Hoffnung zerstört haben«, bestätigt er meine Befürchtung und ich nicke stumm.

»Ich habe Hunger, können wir bitte erst etwas essen gehen? Danach müssen wir gleich in die Kanzlei. Ich bin gespannt ob Warren und Helen etwas erreichen konnten.« Schnell ziehe ich mir ein paar bequeme Sachen über, bevor wir zum Frühstückssaal gehen. Mein Magen knurrt bereits und ich kann es kaum erwarten ihn endlich zum Schweigen zu bringen.

Nach einem reichhaltigen Frühstück und zwei Aspirin fühle ich mich wenig später schon viel besser. Erwartungsvoll machen wir uns auf den Weg zu Black & Chase.

Tiara, die Empfangsdame bittet uns noch einen Moment Platz zu nehmen, serviert Kaffee, und gestaltet damit die Wartezeit etwas angenehmer. Nervös drehe ich die Tasse auf dem Unterteller hin und her und frage mich, wie es in meinem Leben weitergehen wird. Werde ich wieder einmal versagen oder habe ich zur Abwechslung ausnahmsweise Glück? Wenn es doch schon mit der Liebe nicht klappt, könnte mir doch wenigstens der Job vergönnt sein. Seufzend starre ich auf die Crema des braunen Goldes und bemerke Tiara erst, als sie neben mir steht. Sie räuspert sich dezent und nickt mit dem Kopf in Richtung der Büros.

»Die beiden wären dann soweit.« Wir folgen ihrer Aufforderung wortlos. Die Angst in meinem Inneren bewegt mich dazu nach Thonys Hand zu greifen. Zwar scheine ich den Weg nicht alleine zu beschreiten, doch in Wirklichkeit, bin ich die Einzige weit und breit auf dem Pfad ins Verderben.

»Schön dich zu sehen, Carmen«, begrüßt mich Helen, während Warren nur leicht nickt. Anthony und ich setzen uns ihnen gegenüber. Hin und hergerissen, knete ich nervös meine Hände. Ich habe keine Ahnung, wo das Ganze hinführen wird und bin einfach nur froh, wenn dieser Albtraum endlich ein Ende nimmt.

»Es sieht folgendermaßen aus«, startet Warren nun das Gespräch, während uns Tiara noch einen Kaffee bringt. »Bisher konnten wir bei den Behörden nur eine Fristaufschiebung erwirken, das heißt, dass du entweder wirklich schnell deinen Freund hier heiraten solltest oder wir reichen ein Veto ein. Im Normalfall würde ich dir raten durch Eheschließung dem Prozess entgegenzuwirken. Da es sich aber hier um eine Scheinehe handeln würde, können wir das mit unserem Gewissen nicht vereinbaren. Was bedeutet: wenn du diesen Typen heiratest und erwischt wirst, werden wir dir nicht aus der Scheiße helfen. Demnach unterstützen wir dich lediglich auf dem Weg durch die Instanzen. Entscheiden musst du nun selbst, das können wir dir natürlich nicht abnehmen. Zumal ich überhaupt nicht verstehe, warum seitens Sanchez hier noch kein generelles Arbeitsvisum beantragt wurde, immerhin bist du für die Firma unverzichtbar. Da ist vermutlich einiges versäumt worden, aber ich bin guter Dinge, dass wir das in den Griff bekommen, insofern du dich für die schwierigere behördliche, aber dafür auch legale Methode entscheidest.« *Puhh, das ist aber keine leichte Entscheidung. Na gut, eigentlich schon, immerhin habe ich noch nie etwas Unrechtes getan. Zumindest nichts, das mich in grobe Schwierigkeiten bringen könnte, wie zum Beispiel des Landes verwiesen zu werden oder ein lebenslanges Einreiseverbot zu kassieren. Verdammt, warum muss so etwas auch immer mir passieren? Wenn das Schicksal zuschlägt, dann aber richtig. Erst die Angelegenheit mit Gene und nun das.*

»In Ordnung, wie lange habe ich Zeit darüber nachzudenken?« Helen runzelt die Stirn, während man an Warrens Miene wieder nichts ablesen kann.

»Wenn du darüber nachdenken musst, dann beeil dich damit, am besten solltest du mir und Helen deine Antwort heute noch mitteilen. Unsere Zeit ist kostbar und ehrlich gesagt, möchte ich sie nicht verschwenden, wenn du dich für ihn entscheidest.« Warren nickt in Thonys Richtung, sein Blick wirkt dabei kalt, eiskalt, vielleicht sogar Antarktis-kalt.

Selbst mich beschleicht eine seltsame Empfindung, obwohl ich gar nicht persönlich mit diesem Blick bedacht wurde. Gänsehaut überflutet meinen Körper und ich schaue verzweifelt zu Helen. Sie zuckt hilflos mit den Schultern und deutet mir, sie zu begleiten. Ich folge ihr anstandslos, auch wenn ich ein mulmiges Gefühl dabei habe, die beiden Männer allein zurückzulassen. Helen führt mich in ihr Büro, bevor sie das Wort an mich richtet.

»Ich weiß, dass es mich eigentlich nichts angeht, aber ich spreche zu dir jetzt von Frau zu Frau und nicht als deine Anwältin. Dieser Typ da, ich weiß nicht, was er dir erzählt hat, aber er ist nicht der, für den er sich ausgibt, das kannst du mir glauben. Es ist nur ein gut gemeinter Rat, sei vorsichtig und lass dich auf keine krummen Dinger ein. Vertrau mir, wir können es auch ohne den ganzen illegalen Mist schaffen. Außerdem bin ich der Meinung, dass du dringend mit Gene reden solltest. Eigentlich darf ich nichts darüber sagen, denn sonst breche ich die Schweigepflicht eines Mandanten. Bitte, du musst ihm eine Chance geben die Situation aufzuklären.« Helen hat mich an den Schultern gepackt und schaut mir tief in die Augen. Mir ist ganz flau im Magen, wegen der vielen neuen Informationen, die ich besser nicht erhalten hätte. Das macht es doch alles nur noch schlimmer, als es schon ist. Verzweifelt lasse ich mich auf einen der Stühle sinken, während bereits die viel zu locker sitzenden Tränen über meine

Wangen rollen. Was hat das denn nun schon wieder zu bedeuten? Anthony ist nicht der, für den er sich ausgibt? Was wissen die beiden über ihn und warum sagen sie es mir nicht einfach? Wen hat Nancy mir da bloß angeschleppt?

Geständnis

»Ich würde dir raten, dass du dich vorerst unauffällig verhältst. Check die Lage, aber bitte, um Himmels willen heirate ihn nicht.«

»Warum rückst du nicht mit der Sprache heraus? Bist du nicht auch der Meinung, dass ich ein Recht darauf habe, zu erfahren, was hier vor sich geht?«, will ich von Helen wissen, doch sie wiegt den Kopf hin und her.

»Ehrlich gesagt dachten wir, es wäre sinnvoller, wenn du die Unschuldige spielst. Immerhin hast du dich vor kurzem erst in Gefahr befunden und das wollten wir nicht ein weiteres Mal riskieren. Wir wissen nur, dass er Dreck am Stecken hat. Er ist schon das ein oder andere Mal straffällig geworden, auch was das Heiraten angeht. Du weißt schon, ein Heiratsschwindler. Aber ganz ehrlich? Wir vermuten, noch viel mehr zu finden, wenn wir nur tief genug graben.«

»Wow und ich dachte, er sei ein kleiner süßer Schwuler, der mir aus der Patsche helfen will.«

»Schätzchen, wenn dieser Kerl schwul ist, dann bin ich die Queen von England.«

»Oh mein Gott«, sind die einzigen Worte, die ich über die Lippen bringe. »Warum zum Teufel passieren immer nur mir solche Sachen?«

Helen beugt sich zu mir hinab und nimmt mich in den Arm.

»Es tut mir leid, ich hätte mir das für dich auch anders gewünscht. Aber bitte rede mit Gene. Versprich mir das. Am besten lieber heute, als morgen«, versucht sie mich wieder zu überreden. *Soll ich wirklich? Was kann er mir schon erzählen, das meine Meinung ihm gegenüber ändern würde?* Ich hadere mit mir selbst, ganz zu schweigen von den *Stimmen*, die mich irgendwann noch in den Wahnsinn treiben werden.

»In Ordnung, ich werde Gene anhören, aber nur, wenn wir gemeinsam herausfinden, was mit Anthony los ist.«

»Yamina bringt uns um, wenn sie das erfährt.«

»Das tut sie so oder so, wenn ihr zu Ohren kommt, dass ich kein Visum mehr habe.« Helen zuzwinkernd, richte ich mich wieder auf. »Bitte versprecht mir dafür zu sorgen, dass ich hier bleiben kann.«

»Das werden wir. Aber ich fürchte, du musst es deiner Chefin sagen. Immerhin ist sie eine einflussreiche Persönlichkeit und wer weiß, vielleicht ebnen sich noch ein paar andere Wege.«

Ich hatte es befürchtet. Tief durchatmend begeben wir uns zurück in das Büro ihres Kollegen. Die beiden Männer schweigen sich an und ich hoffe, dass Warren nichts Falsches gesagt hat.

»Na schön, du weißt also, was zu tun ist?«, fragt er mich und ich nicke.

»Das Gespräch mit Helen war sehr aufschlussreich. Als Erstes muss ich Yamina anrufen und dann werde ich noch einmal mit Gene reden.« Anthony und ich verabschieden uns, bevor wir ins Hotel zurückfahren. Seltsamerweise habe ich gar keine Angst, obwohl mir bewusst ist, dass er offenbar krumme Dinger abzieht. Das Einzige, was mir ein mulmiges Gefühl beschert, ist die Tatsache, dass er vermutlich doch nicht schwul sein könnte.

»Das war ganz schön schräg oder?«, will Thony wissen und ich lächle nur, während wir den Flur zu unserem Zimmer entlanggehen.

»Naja, ehrlich gesagt waren meine Gedanken mit dem Ausziehen von Warren beschäftigt«, gebe ich lachend zu und stecke die Karte ins Schloss.

»Du hast recht, er ist heiß, auch wenn ich das Gefühl hatte, dass er ein wenig eifersüchtig auf mich ist. Hast du seinen Blick gesehen, als er von unserer Hochzeit sprach?«

Ich verdrehe die Augen.

»Schon möglich, aber er hat sich vermutlich nur so verhalten, weil er lieber Gene, als dich an meiner Seite sehen würde. Immerhin ist er mit Helen genug beschäftigt.«

»Die beiden haben wirklich was miteinander?«

»Natürlich, das sieht doch ein Blinder mit Krückstock. Das scheint aber nur so ein Sexding zu sein. Jedenfalls sind sie offiziell kein Paar.«

Anthony grinst.

»Coole Sache. Frust abbauen und so. Ich verstehe.«

»Ja, eventuell werde ich auch auf so etwas umsteigen, alles andere ist doch viel zu anstrengend. Es kostet bloß Energie und Tränen, wenn man sich auf eine richtige Beziehung einlässt.« Meine Handtasche aufs Bett fallen lassend, suche ich darin nach meinem Smartphone.

»Wenn du willst, kannst du dir ja ein bisschen New York ansehen, während ich noch ein paar Dinge erledige«, sage ich zu Thony und wähle Yaminas Nummer.

»In Ordnung. Dann störe ich dich mal nicht weiter, nehme noch schnell eine Dusche und bin dann weg.« Nickend lausche ich dem Freizeichen. Keine zehn Sekunden später höre ich die Stimme meiner Chefin.

»Carmen, wie ist es in New York? Was hat dich dorthin verschlagen?«

»Ähm, genau das ist ja mein Problem. Ich habe Mist gebaut und versuche es wieder gerade zu biegen, aber allein ist das unmöglich.«

»Okay definiere genauer: großer Mist, gigantischer Mist, oder exorbitanter Mist?« Auch wenn die Lage ernst ist, muss ich leise kichern.

»Exorbitant. Ich Idiot habe vergessen mein Visum zu verlängern und soll abgeschoben werden. Warren und Helen haben mich bereits in die Mangel genommen. Eigentlich hatte ich vor zu heiraten, aber sie raten mir davon ab. Jedoch ist es genau dieser Tatsache zu verdanken, dass die Behörden mir noch mehr Zeit geben, um alles vorzubereiten, da ich ja den ganzen Trubel mit der Krankenhaussache hatte.«

»Das darf doch nicht wahr sein«, flucht Yamina und ich höre, wie sie mit den Nägeln auf ihre Tischplatte hämmert. »Scheiße, warum wurde das von unserer Seite noch nicht geregelt? Ich werde der Personalabteilung einen Besuch abstatten und dann werde ich sehen, was sich machen lässt. Fuck! Wie lange haben wir Zeit?«

»Insgesamt vier Wochen ab heute.«

»Gut. Ich melde mich. Mach dir keinen Kopf. Irgendwie holen wir dich wieder aus dem Schlamassel raus. Scheinbar ist es ja auch ein Fehler von Sanchez, dass hier noch kein dauerhaftes Arbeitsvisum beantragt wurde.« Sie knurrt in den Hörer und wieder muss ich lachen, wissend, wie sehr sie Unvollkommenheit hasst.

»Bis bald. Ich werde jetzt zu Gene fahren, nur für den Fall, dass ich nicht wieder auftauche.«

»Pass auf dich auf. Was willst du eigentlich bei ihm?«

»Helen hat mir nahegelegt ihn anzuhören. Ich weiß zwar noch nicht, was das bringen soll, aber gut. Zu verlieren habe ich ja nun nichts mehr.«

»Lass dich nicht um den Finger wickeln, du weißt doch, Männer muss man zappeln lassen.« Damit beenden wir das Gespräch und ich durchforste meinen Koffer nach etwas zum Anziehen. Gene kennt mich zwar in jedem Outfit, aber im biederen Businesslook möchte ich nicht bei ihm aufkreuzen. Kurzerhand entscheide ich mich für bequeme Sachen, Jeans und ein enganliegendes Top, das meine Rundungen gut zu Geltung bringt. Er soll ruhig sehen, was ihm entgeht.

Schnell schlüpfe ich noch in meine High Heels und beachte Thony nicht weiter, der immer noch im Bad unter der Dusche steht. Meine Füße können mich gar nicht schnell genug aus dem Hotel tragen, so sehr sehne ich mich nach Gene. Ich versuche es mir nicht anmerken zu lassen, aber innerlich tanzen mein Herz und die unzähligen Schmetterlinge in meinem Bauch Samba miteinander, sobald ich an ihn denke. Seufzend beschließe ich zu Fuß loszuziehen, denn zufälligerweise liegt das Hotel nicht weit entfernt von Genes Apartment.

Mit zittrigen Fingern und weichen Knien stehe ich wenig später erneut vor seiner Tür und bete, dass er und nicht seine Frau die Tür öffnen wird. *Ob er überhaupt zu Hause ist? Vielleicht hätte ich mich doch lieber absichern sollen, für den Fall, dass der ganze Weg umsonst war.*

Meine Bedenken lösen sich jedoch augenblicklich in Luft auf, als ER vor mir steht. Mein Herz bleibt für einen Moment stehen und mein Bauch zieht sich schmerzlich zusammen, indes ich in seine heißgeliebten blauen Augen schaue.

Dieses Mal begrüßt er mich nicht, blickt mir nun stumm entgegen und ich schlucke nervös den Kloß hinunter, der sich in meinem Hals festgesetzt hat.

»Wenn du Zeit hast und immer noch willst, würde ich mir gerne anhören, was du zu sagen hast.« Gene tritt zur Seite und deutet mit einer Geste, dass ich eintreten soll. Während ich es mir auf dem Sofa gemütlich mache, schließt er die Tür und holt anschließend eine Flasche Rotwein samt zwei Gläsern aus der Küche. Ich betrachte ihn stirnrunzelnd, doch er füllt sie bereits und reicht mir eines.

»Den wirst du brauchen«, sagt er, sich neben mich setzend. Mit dem Glas in der Hand rutsche ich ans äußerste Ende der Couch und warte auf seine Erklärung.

»Nun gut. Als Allererstes möchte ich klarstellen, dass ich dir nie fremdgegangen bin. Ja, es gibt eine Ehefrau in meinem Leben, die ich dir vorenthalten habe, aber es ist alles ganz anders, als du denkst. Du erinnerst dich sicher an diesen Anruf, der alles verändert hat. Der mich verändert hat.« Ich nicke. *Oh ja und wie ich das noch weiß.* »An jenem Abend habe ich den Anruf erhalten, dass meine Frau wieder aufgetaucht ist. Vor acht Jahren habe ich geheiratet, aus Liebe wohlgemerkt. Sicher, wir waren jung, aber das war uns egal. Ich hatte die Möglichkeit in das Geschäft ihres Vaters einzusteigen. Die Immobilienfirma, die heute mir gehört, war einst die meines Schwiegervaters. Samantha, meine Frau, verschwand nach fünf Jahren Ehe spurlos, während eines Auslandsaufenthalts. Wir dachten alle, sie wäre bei einem Unfall ums Leben gekommen, aber es wurde nie eine Leiche gefunden. Ich war am Ende, Camelie. Die Frau, die ich liebte, kam nicht zu mir zurück. Wir hatten alles versucht. Polizei, Suchtrupps, Detektive, aber sie war wie vom Erdboden verschluckt. Ich habe gelitten, sehr sogar. Du bist die erste Frau, die ich seitdem wieder ernsthaft an mich herangelassen habe. Als ich das erste Mal in deine Augen sah, habe ich mit ihr abgeschlossen. Du hast meinem Leben wieder einen Sinn gegeben. Die Firma von Samanthas Vater zu übernehmen war nur eine Farce, um den Schein zu wahren. Immerhin ging es hier um sehr viel Geld. Aber aus irgendeinem Grund hatte der alte Herr, Gott habe ihn selig, einen Narren an mir gefressen und mir alles vererbt. Wie du weißt, läuft es gut mit den Immobilien und nun darfst du dreimal raten, warum meine Frau wieder aus der Versenkung gekrochen kam.«

Um ehrlich zu sein, weiß ich momentan überhaupt nicht was ich denken soll. Kann ich ihm diese abenteuerliche Geschichte wirklich abkaufen?

»Anscheinend ist sie damals mit einem neuen Lover durchgebrannt. Nachdem ihr jetzt die Geldreserven ausgegangen sind, will sie ihren Anteil vom Erbe und ist bei mir aufgetaucht. Sie zeigt keine Reue, oh nein, im Gegenteil, sie will mich zerstören. Gefühlsmäßig ist ja nichts mehr kaputt zu kriegen, also versucht sie es auf finanziellem Wege. Sie hat von den Aufträgen Wind bekommen, die ich von Yamina erhalten habe und wittert nun das ganz große Geschäft. Vermutlich denkt sie, da wir nach dem Gesetz noch Eheleute sind, ihr würde etwas vom großen Kuchen zustehen, aber da hat sie leider Pech gehabt. Black & Chase sind bereits mit der Angelegenheit vertraut.«

Daher also der Tipp von Helen. Ich muss lächeln, höre Gene aber weiter gebannt zu.

»Sie hielt es nicht einmal für nötig, der Beerdigung ihres Vaters beizuwohnen und nun nimmt sie sich das Recht heraus etwas von dem mühsam erarbeiteten Vermögen abhaben zu wollen.« Gene ballt die Hände zu Fäusten. »Das ist nicht die Frau, in die ich mich vor zehn Jahren verliebt hatte. Sie hat nichts mehr mit ihr gemein und damit du es weißt, sogar ihre Familie steht auf meiner Seite. Die Scheidung ist bereits eingereicht, was kein so schwieriges Unterfangen sein dürfte. Mit diesem Menschen möchte ich nicht länger verbunden sein. Ich hoffe, du kannst mich wenigstens ein bisschen verstehen, auch wenn ich dir nie von ihr erzählt habe. Aber ich war einfach zu sehr auf dich fixiert, als dass ich in der Vergangenheit wühlen wollte.« Sein Blick bleibt an mir hängen und am liebsten würde ich mich sofort auf ihn stürzen, beschließe jedoch erst einmal Zurückhaltung zu üben. »Du musst mir glauben. Es läuft nichts mehr zwischen Samantha und mir. Die einzige Frau, die ich an meiner Seite wissen will bist du, Camelie. Ich bin bis über beide Ohren verliebt in dich und bete seit gestern, dass deine Worte nicht ernst gemeint waren.«

Oh oh, er spielt auf den Spruch mit dem Heiraten an. Ich setze das Rotweinglas an meine Lippen und leere es in einem

Zug. *Bis über beide Ohren verliebt. Ist das süß oder ist das süß?* Ich kichere in Gedanken, wie ein kleines Schulmädchen über diesen Satz, der dem gestandenen Mann am anderen Ende der Couch entsprungen sind. Mutig stelle ich das leere Glas beiseite und rutsche näher zu ihm. Vorsichtig schmiege ich mich an Gene und schaue zu ihm auf.

»Es tut mir leid, dir nicht eher die Chance gegeben zu haben, dich zu äußern. Ich kann ein ganz schöner Sturkopf sein, gerade wenn es um solche Dinge geht. Was das Thema Männer und Fremdgehen angeht, reagiere ich nämlich äußerst allergisch.«

»Ist das so?« Seine raue Stimme klingt wie Musik in meinen Ohren. Genießerisch schließe ich die Augen, als seine Lippen über meine Wange streifen.

»Das Gespräch sollten wir nachher fortführen«, höre ich mich sagen, während meine Hände bereits auf Wanderschaft gehen.

Ungebetener Besuch

Am nächsten Morgen blinzle ich verschlafen der mich blendenden Lichtquelle entgegen. Ich brauche einen Moment um zu realisieren, dass ich mich in Genes Bett befinde und es das Tageslicht ist, welches mich geweckt hat. Lächelnd drehe ich mich um und blicke direkt in die meerblauen Augen meines Freundes. Noch bin ich der Meinung, dass die gestrige Entscheidung, mich ihm und seiner Geschichte zu stellen, die beste meines Lebens war. Bleibt zu hoffen, er enttäuscht mich nicht und lässt irgendwann die Bombe platzen. *Aber es klang alles so plausibel, das kann man sich doch nicht alles aus den Fingern saugen oder?*

»Guten Morgen, Camelie.« Er zieht mich an sich und haucht mir einen Kuss auf die Lippen. Hat nicht einmal jemand gesagt, wenn ER dich nach dem Aufstehen auch noch sexy und begehrenswert findet, ist es Liebe? Zumindest vermute ich es, denn wer küsst schon freiwillig einen Morgenmuffel? Immerhin hebt es meine Laune um einiges und das, obwohl ich noch keinen Kaffee bekommen habe.

»Was hältst du von einem Frühstück? Ich würde dir lieber gerne erst Kaffee einflößen, bevor wir weiter reden.« Er grinst und ich nicke.

»Du kennst mich eben doch zu gut.« Erneut stehle ich mir einen Kuss, bevor wir aus dem Bett steigen. Während Gene in der Küche verschwindet, mache ich mich auf den Weg ins Bad. Gedanklich bin ich schon wieder weit weg, denn die Sache mit dem Visum belastet mich weiterhin sehr. Ob ich Gene davon erzählen soll? Natürlich, ich muss. Er wird früher oder später fragen, was das mit Thony alles zu bedeuten hat. Seufzend beende ich meine Morgentoilette und begebe mich in die Küche. Es riecht bereits verführerisch nach frisch gebrühtem Kaffee und ich schwebe geradezu der Duftwolke entgegen ins angrenzende Esszimmer.

Gene sitzt erwartungsvoll am gedeckten Tisch, an dem ich ihm gegenüber Platz nehme.

»Wow, wo zur Hölle hast du so schnell die ofenwarmen Brötchen aufgetrieben?«, frage ich begeistert und beiße genüsslich in eines davon. Mit der anderen Hand umklammere ich mit sicherem Griff die vor mir stehende Tasse, den aufsteigenden Dampf beobachtend.

»Du glaubst gar nicht, für was so ein Portier alles gut sein kann«, antwortet Gene lachend. »Einen Bäcker gibt es hier gleich um die Ecke. Aber bevor wir weiter über Belanglosigkeiten lamentieren, wüsste ich gerne, was es mit deiner bevorstehenden Hochzeit auf sich hat.«

Bewusst weiche ich seinem Blick aus, denn ich schäme mich so sehr wegen der ganzen Angelegenheit. Ich krame in meinem Kopf nach den zuvor schön zurechtgelegten Wörtern, instinktiv wissend, dass er mich damit konfrontiert.

»Nun ja. Das ist alles etwas komplizierter, als es zunächst scheint. Da wir uns nun wieder auf einer Ebenc bcwegen, werde ich dir die Wahrheit sagen. Dich weiter anzulügen würde sich nur wie ein Verrat meiner Selbst anfühlen.« Ich wage es, ihm in die Augen zu sehen, aber sie verraten mir nichts. Der Ausdruck darin ist interessiert aber nicht verurteilend. Erleichtert aufatmend fahre ich fort.

»Das eigentliche Problem besteht darin, dass ich abgeschoben werde, wenn ich nicht bald eine Lösung finde, denn ich Idiot habe vergessen mein Visum zu verlängern. Natürlich habe ich mit Helen und Warren darüber geredet. Sie konnten mir etwas Zeit verschaffen, aber mein Problem nicht beheben. Der einzige Ausweg scheint eine Hochzeit zu sein, wofür ich schnell einen willigen Kandidaten gefunden habe, zumindest dachte ich das. Doch die beiden Anwälte haben mich eines Besseren belehrt. Er ist ein bekannter Betrüger und ich habe mich bereiterklärt, dabei zu helfen, ihn dingfest zu machen. Demnach weiß er natürlich nicht, dass ich ihm auf die Schliche gekommen bin und ich wäre dir sehr verbunden, wenn das auch so bleibt«, erkläre ich Gene, denn ich sehe bereits die Wut in ihm aufsteigen.

»Nun muss ich nur noch einen Weg finden, dass ich auf legalem Wege hier bleiben kann. Yamina ist mittlerweile auch informiert und bemüht sich ebenfalls ihre Kontakte spielen zu lassen. Oh Gott Gene, ich will nicht zurück«, schluchze ich unter Tränen, als mir der Ernst der Lage wieder einmal bewusst wird. Er springt auf und kniet sich neben mich. Seine Umarmung spendet mir Trost, aber ich kann nicht aufhören zu weinen. Ich möchte meinen Job nicht aufgeben und noch viel weniger Gene verlieren. Das Gefühl mich in einem Teufelskreis zu befinden lässt mich nicht los, aber ein kleiner Funken Zuversicht bleibt bestehen. Auch wenn es das Schicksal bisher nie wirklich gut mit mir gemeint hat, gebe ich die Hoffnung nicht auf, dass meine Gebete ans Universum doch irgendwann erhört werden.

»Die Frage, warum du nicht eher etwas gesagt hast, ist jetzt wohl fehl am Platz?« Ich versuche ihm einen vorwurfsvollen Blick zuzuwerfen, muss dann aber doch lachen.

»Du bist echt doof. Das alles wäre erst gar nicht passiert, wenn ich nicht so ein Schussel gewesen wäre. Wie konnte ich nur so etwas wichtiges vergessen?« Kopfschüttelnd lehne ich mich an ihn, da er immer noch neben mir kniet.

»Wir brauchen einen Plan oder besser gesagt, ich brauche Hilfe um einen zu entwerfen, wie wir Thony das Handwerk legen können. Es kann doch nicht angehen, dass er immer wieder unschuldige Frauen um ihre Ersparnisse und weiß der Teufel was noch alles bringt. Ich meine, in meinem Fall wäre es ja nur eine Zweckgemeinschaft gewesen, aber unter seinen Opfern waren doch sicher einige, die ihn auch geliebt haben. Die Armen.«

»Uns wird schon etwas einfallen. Du solltest dir vorerst nichts anmerken lassen und ihn in dem Glauben lassen, dass ihr heiraten werdet, denn das ist es, was er will.«

»Ich hoffe, du hast recht und es wird sich tatsächlich so leicht aufklären lassen.«

»Das wäre von Vorteil, denn der Gedanke nach Deutschland zu ziehen, reizt mich nicht gerade.« Er grinst schelmisch und handelt sich dadurch einen Fausthieb ein. Lachend zieht er mich auf seinen Schoß, bevor sich unsere Lippen zu einem leidenschaftlichen Kuss vereinen.

»Hör zu, wir beginnen mit folgendem Plan: Du gehst zurück zu deinem Scheinverlobten und ich versuche, mir das Miststück vom Leib zu halten.« Zuerst muss ich überlegen, wen er meint, bis mir klar wird, dass er von seiner Frau spricht. Eigentlich würde ich diese Person gerne einmal in natura sehen. Bisher hatte ich sie nur auf einem Foto in der Zeitung gesehen. Natürlich weiß ich, dass man sich nicht mit den Ex-Freundinnen seines Freundes vergleichen soll. Aber dennoch bin ich neugierig auf den Menschen, den er einst geliebt hat.

»Meinst du, es gibt eine Möglichkeit, dass ich sie einmal kennenlerne?« Gene runzelt die Stirn.

»Ist das dein ernst?«, fragt er mich und ich wiege nachdenklich den Kopf hin und her.

»Ich weiß nicht. Vielleicht merkt sie ja, dass es wirklich vorbei ist, wenn sie mich trifft. Außerdem frage ich mich, wie sie so ist.«

»Du hast echt merkwürdige Ideen. Da muss ich erst einmal darüber nachdenken. Es ist nicht so, dass ich dir kein Vertrauen entgegen bringe, aber Samantha hat definitiv keines mehr verdient.«

»Aber was kann sie denn schon gegen dich ausrichten? So wie du es mir erklärt hast, wird sie dir nichts anhaben können.«

»Samantha ist mit allen Wassern gewaschen, wir sollten sie nicht unterschätzen.« Ich nicke und löse mich von ihm, bevor ich meinen Platz am Tisch wieder einnehme. Gene stellt sich neben mich und streichelt über meinen Rücken.

»Na schön, aber lass mich bitte noch dieses fantastische Frühstück genießen und einen weiteren Kaffee trinken.«

»Nimm dir, was du brauchst, ich werde dann schnell duschen. Bis gleich.« Er beugt sich zu mir hinab und haucht mir einen Kuss auf den Mund.

Während ich weiter das braune Gold und die Brötchen verschlinge, vertreibe ich mir die Wartezeit mit meinem Smartphone. Leider entdecke ich keine neuen Nachrichten von Yamina oder den Anwälten. Seufzend schreibe ich Thony, dass ich bald zurück sein werde. Dabei habe ich keine Lust mich von Gene zu trennen, jetzt, da wir gerade erst wieder zueinander gefunden haben. Ich muss in meinem vorherigen Leben ein wirklich böser Mensch gewesen sein, wenn ich nun dafür derart bestraft werde. Meine Gedanken werden von einem heftigen Klopfen an der Eingangstür unterbrochen und ich schaue verwirrt zur Badezimmertür. Gene ist noch nicht wieder aufgetaucht, also bleibt mir wohl nichts anderes übrig, als nachzusehen, wer es ist. Ich springe auf, blicke an mir hinab und wäge die Möglichkeiten ab. Da ich immer noch spärlich bekleidet bin, schlage ich zunächst den Weg ins Schlafzimmer ein, um mich anzuziehen. Doch das stetig lauter werdende Hämmern bringt mich von meinem Vorhaben ab, so dass ich allen Ernstes nur in meinem Top und Genes Boxershorts die Tür öffne. Als ich sehe, wer im Flur steht, verfluche ich mich dafür.

»Wer zum Teufel bist du denn?«, fährt mich die Blondine mit Piepsstimme an. Samantha.

Na bitte, du wolltest sie und da ist sie!

Ich muss erst einmal schlucken, denn eigentlich war es ja vorauszusehen, dass ich nicht mit offenen Armen empfangen werde.

»Hi, ich bin Carmen. Du musst Samantha sein. Gene ist noch unter der Dusche.« Mit entgegengestreckter Hand möchte ich sie begrüßen, doch sie stöckelt einfach an mir vorbei und sieht sich im Apartment um.

»Nur damit du es weißt Schätzchen, Gene gehört mir und das wird auch so bleiben«, droht sie mir mit zischenden Lauten und ich habe plötzlich kein Bedürfnis mehr diese Frau näher kennenzulernen. Sie wirkt ganz anders als ich, nicht nur rein optisch betrachtet.

»Ich glaube kaum, dass das eine von uns zu entscheiden hat«, gebe ich meine Zweifel bekannt und lasse mich wieder am Esstisch nieder. Von dieser Person werde ich mich auf keinen Fall verunsichern lassen, zumindest nicht, nach allem, was Gene mir berichtet hat.

»Du hast ja keine Ahnung, wen du vor dir hast«, speit sie mir entgegen und ich muss unwillkürlich lachen.

»Entschuldige, dass ich lache, aber das stimmt. Wir kennen uns nicht und ehrlich gesagt habe ich nach deinem Auftritt auch kein Interesse mehr daran. Gene hat mir von dir erzählt, du hast nichts mehr, also bist du auch nichts mehr. Ich glaube von deiner Familie und deinem Ehemann hast du keinerlei Unterstützung zu erwarten. Wer für so lange Zeit spurlos verschwindet, der hat kein Anrecht mehr auf irgendwas, vor allem nicht, wenn man mit einem anderen durchgebrannt ist.«

»Was erlaubst du dir? Nur weil er dich fickt, denkst du, dass du dir ein Urteil über mich erlauben darfst?«

»Samantha, es reicht! Was willst du hier? Ich habe dir doch mitgeteilt, dass wir nichts mehr zu bereden haben. Die einzige Kommunikation, die zwischen uns noch stattfinden wird, erledigen unsere Anwälte.« Gene kommt nur mit einem

Handtuch um die Hüften bekleidet aus dem Bad und fährt sich durch die noch nassen Haare. Wassertropfen perlen über seinen Oberkörper, während mein Herz bei diesem Anblick und aufgrund der kuriosen Situation schneller schlägt. Er stellt sich ganz klar auf meine Seite, indem er sie von sich weist. Spätestens jetzt bin ich ihm hoffnungslos ergeben.

»Aber Gene, wie kannst du denn all unsere gemeinsamen Erinnerungen einfach so wegschmeißen? Wir lieben uns, natürlich verzeihe ich dir da auch diesen kleinen Ausrutscher.« Sie zeigt auf mich, was das Blut in meinem Inneren zum Kochen bringt. »Was willst du überhaupt mit ihr? Hast du sie dir mal angesehen? Sie ist viel zu groß für dich. Noch dazu total unförmig gebaut, ihre Haare sind eine einzige Katastrophe, ganz zu schweigen von ihrer Haut. Da bist du eindeutig Besseres gewohnt.« Ihr herablassender Blick und ihre verletzenden Worte bohren sich in mein Herz, aber ich werde Samantha keine Genugtuung gönnen. Genau das will sie nämlich, mich einknicken sehen, doch da ist sie bei mir an der falschen Adresse. Meine Probleme sind weitaus größer, als dieses blonde Gift.

»Geh, du hast in meinem Leben keinen Platz mehr. Dein Sunnyboy wartet sicher schon auf dich«, entgegnet Gene gelassen und öffnet ihr die Eingangstür.

»Das wirst du bereuen, ich werde dich ausnehmen wie eine Weihnachtsgans.« Wutentbrannt stolziert sie von dannen und ich atme erleichtert aus, als die Tür ins Schloss fällt und Gene sich wieder zu mir gesellt.

»Mach dir nichts aus ihren Worten, das ist die einzige Möglichkeit, die ihr noch verbleibt, wenn sie keine Argumente mehr hat.«

»Danke Gene, ich weiß es sehr zu schätzen, dass du zu mir stehst, damit hätte ich gestern nicht annähernd gerechnet, als ich hergekommen bin.« Ich lächle verhalten und genehmige mir noch einen Kaffee samt Brötchen mit Marmelade.

»Daran solltest du dich gewöhnen. So schnell wirst du mich nicht los, da braucht es schon mehr als eine wildgewordene bald Ex-Frau.« Gene grinst und dieser Anblick, der sich mir bietet, ist so verdammt sexy, dass ich ihm am liebsten das Handtuch vom Leib zerren möchte.

»Bald Ex-Frau? Das heißt, du willst dich wirklich scheiden lassen? Was hat es eigentlich mit diesem Foto auf sich, welches neulich in der Presse zu sehen war?«, frage ich freudig und lasse alles stehen und liegen. *Wenn er noch einmal sagt, dass er nur mich will, liegen wir sofort hier auf dem Boden*, denke ich belustigt.

»Ja, ich werde mich scheiden lassen, besser gestern als heute. Das Foto ist an dem Tag entstanden, als ich von ihrer Rückkehr erfahren habe. Natürlich musste ich mich vergewissern, ob es stimmt und warum sie plötzlich aufgetaucht ist. Warum fragst du danach? Diese furchtbaren Paparazzi hatten uns vor der Linse, bevor ich etwas dagegen unternehmen konnte. Aber das war ja zu erwarten, die verlorengeglaubte Tochter des erfolgreichsten Immobilienmaklers der vergangenen Jahre ist zurückgekehrt.« Er verdreht die Augen und reicht mir seine Hand, die ich ohne zu zögern ergreife und mich so vom Stuhl ziehen lasse. Ich lande direkt in seinen starken Armen. Die nackte muskulöse Brust presst sich an meinen Busen und ich keuche erregt auf. Er hebt mein Kinn leicht an, damit ich ihm in die unsagbaren blauen Augen schauen muss.

»Das war kein öffentlicher Auftritt, weil ich sie zurück will. Im Gegenteil, ich möchte sie loswerden, damit ich endlich frei bin.« Sein Blick durchdringt mich nahezu. »Für dich.«

Bei seinen Worten schmelze ich dahin und als sich dann auch noch sein Handtuch löst, bin ich nicht mehr ansprechbar.

Meine Hände gleiten ganz automatisch über seine Haut, während sich unsere Lippen zu einem feurigen, leidenschaftlichen Kuss treffen. Ich wusste, dass es wieder so mit uns enden würde. Wir können einfach nicht die Finger voneinander lassen.

Unerwartete Wendungen

Kaum befinde ich mich auf dem Weg zum Hotel, beschleicht mich die Angst. Was passiert, wenn ich mich zu auffällig verhalte? Wird Thony bemerken, dass ich bereits weiß, wer er ist? Selbstzweifel plagen mich und am liebsten würde ich einen Rückzieher machen. Nicht nur wegen der Schauspielerei, sondern aufgrund der ganzen Geschichte. Wie konnte ich mich nur auf so einen Blödsinn einlassen? Eine Scheinehe eingehen zu wollen und nun auch noch das halsbrecherische Detektivspiel anzetteln, das gehörte definitiv nicht auf meine To-do-Liste. Vielleicht sollte ich ihn irgendwie überreden in ein anderes Zimmer zu ziehen, aber das wäre wohl zu auffällig. Gene hat mir geraten, ein bisschen von ihm zu schwärmen und Thony somit aus der Reserve zu locken. Als ob mir das schwerfallen würde.

Lächelnd ziehe ich die Chipkarte durch den Schlitz an der Hotelzimmertür und betrete den Raum. Die gespielte Freude währt nicht lange, denn das Chaos, welches ich vorfinde, verschlägt mir die Sprache und lässt meine Mundwinkel nach unten sinken. *Was zum Kuckuck?*

»Thony? Möchtest du mir vielleicht erklären, was hier los ist? Ich war nicht einmal vierundzwanzig Stunden weg und hier sieht es aus, als wäre eine Bombe explodiert«, rufe ich, denn sehen kann ich ihn nicht. Wahrscheinlich ist er im Bad verschollen. Ich steige über die sich auf dem Fußboden erstreckende Kleiderlandschaft und entdecke etliche Essensreste sowie schmutziges Geschirr auf Tisch, Bett und Kommoden. Angewidert öffne ich die Balkontür, da es schon erheblich müffelt.

In diesem Moment tritt der Übeltäter aus dem Bad, nur mit einem Handtuch bekleidet, welches er sich um die Hüften geschlungen hat. *Ist heute irgendein Contest von dem ich nichts weiß?*

»Hast du etwas gesagt?«, fragt er mich allen Ernstes und ich schlucke die erste Bemerkung hinunter, die mir in den Sinn kommt.

»Also ganz ehrlich? Ich bin schockiert. Kannst du nicht ein bisschen Ordnung halten? In deiner Wohnung sah es doch auch nicht so aus.«

»Das liegt wahrscheinlich daran, dass ich eine Putzfrau habe, die derart lästige Dinge erledigt.«

»Ich dachte, du bist ein armer Student.«

»Schon, aber meine Eltern finanzieren zumindest Bude und Putze.« Er zwinkert und ich schnaube verächtlich.

»Wenn du glaubst, so etwas auch bei mir machen zu können und ich dir alles hinterherräumen werde, hast du dich aber geschnitten. Ich weiß ganz genau, was du für einer bist, wenn es hier schon so aussieht! Deine Talente beschränken sich eher darauf das Geschirr in der Küche einfach stehen zu lassen, als es in den Geschirrspüler zu räumen. Oder noch besser, du wirfst Papier in den Plastikmüll! Ich hasse solche Leute, die keine Ordnung halten können.«

Anthony schaut mich schief an und ich verdrehe genervt die Augen.

»Schon klar, ihr Amis wisst ja nicht mal, was Mülltrennung überhaupt ist.« Seufzend lasse ich mich auf einen der Sessel fallen, die gegenüber vom Kingsizebett stehen und schmolle.

»Stimmt, ich habe keinen blassen Schimmer, was du da faselst, aber es war ja auch nicht abgemacht, dass ich sowas machen muss. Es war lediglich die Rede davon zusammenzuwohnen, bis die Behörden es geschluckt haben.« So ein Mistkerl. Er weiß genau, dass ich keine Alternative habe, deshalb veranstaltet er jetzt so einen Affentanz.

»Eigentlich habe ich von einem homosexuellen Mann etwas anderes erwartet. Du gibst dich überhaupt nicht so.«

Anthony steht vor mir, mein Blick bleibt unwillkürlich an seinem Handtuch hängen, da es sich auf meiner Augenhöhe befindet.

»Was macht dich da so sicher?«, fragt er mich, während mein Urteilsvermögen kurz darunter leidet, da ich auch dem Rest seines Körpers einer Musterung unterziehe. »Gefällt dir, was du siehst?«, will er weiter wissen und beugt sich zu mir hinunter. Seine Lippen sind nur wenige Zentimeter von meinen entfernt und mir stockt der Atem. Das kann er doch nicht ernst meinen. Der Glanz in seinen Augen ist verräterisch, während er mich betrachtet.

»Ich weiß genau, dass du spätestens morgen in meinem Bett gelegen hättest, wärest du nicht bei Gene gewesen. Du findest mich heiß«, wispert er mir leise entgegen und ich bin immer noch regungslos vor Schreck. »Und ich muss leider zugeben, dass du auch verdammt sexy bist. Dein Auftritt im Bad gestern hat mich die halbe Nacht gekostet.«

Wooohhh okay, hier läuft gerade mächtig was schief, denke ich und presse mich ein Stück weiter in den Sessel.

»Ich glaube, du hast da etwas ganz schön falsch verstanden«, entgegne ich, doch er kommt nur noch näher.

»Lass mich dir beweisen, dass ich mehr drauf habe, als Gene.« Eine Hand legt sich an meine Wange und ich stehe kurz davor zu hyperventilieren. Dieser Mann ist eindeutig nicht schwul, was nicht nur seine Äußerungen, sondern auch die Beule unter seinem Handtuch erahnen lässt.

»Ähm. Ich rate dir lieber einen Schritt zurückzutreten, ich glaube kaum, dass uns das hier weiter bringt«, stammle ich und versuche mich aus der verfänglichen Situation zu befreien. Unter seinem Arm hervor windend, bringe ich ein paar Meter Distanz zwischen uns.

»Ich werde jetzt wieder gehen und hoffen, dass du zur Vernunft kommst. Wenn wir uns das nächste Mal begegnen, solltest du einen klaren Kopf bewahren, sonst ist der Deal geplatzt, verstanden?«, sage ich nun etwas schroffer und recke das Kinn nach vorn. Ich schnappe mir meinen Koffer und stolziere an ihm vorbei. »Wage es nicht noch einmal, mich anzufassen, sonst reiß ich dir die Eier ab«, zische ich und öffne die Tür. »Du solltest da sein, wenn wir zurückfliegen, also komm nicht auf dumme Gedanken, sonst kannst du nach Miami laufen. Wenn du mich suchst, ich bin bei Gene.« Mit einem lauten Krachen lasse ich die Tür ins Schloss fallen und atme erleichtert aus, als ich den langen Hotelflur zum Aufzug entlanggehe. Meine Knie sind immer noch ganz weich von Anthonys seltsamen Auftritt.

In der Hotellobby zücke ich mein Handy. Ich muss Yamina anrufen und fragen, ob sie schon etwas deichseln konnte. Noch so eine Aktion überlebe ich nicht.

Sie hebt bereits nach wenigem Läuten ab.

»Carmen, was gibt es? Ich habe es eilig.«

»Konntest du schon etwas herausfinden oder besser gesagt erreichen?«

»Deshalb bin ich ja in Eile. Ich treffe mich gleich mit einer einflussreichen Persönlichkeit. Drück mir die Daumen.« Sie lacht und legt auf, während ich verdutzt auf mein Handy schaue.

Wenn es jemanden gibt, der Connections hat, dann Yamina. Mithilfe von Warren und Helen werden wir das Kind schon schaukeln, denke ich und lasse mich auf einen der Sessel im Foyer sinken. Ich tippe eine Nachricht an Gene und hoffe, dass er mich auf dem Rückweg von seinem Termin abholen kann. Den erneuten Fußweg möchte ich mir lieber ersparen und ein Taxi eigentlich auch. Gedankenverloren starre ich auf meine Schuhspitzen und muss unweigerlichen grinsen. Wer hätte gedacht, dass ich einmal freiwillig solche Treter anziehe? Yamina beeinflusst mich in allem was ich tue, aber ich glaube in diesem Fall, muss ich ihr sogar dankbar sein. Trotz meiner beachtlichen Größe sehe ich in den High Heels elegant aus. Sie passen perfekt zu meinem Outfit, das ich dringend wechseln sollte, wohlgemerkt. Schon seit gestern trage ich diese Kleider, nur leider kam ich nicht zum Umziehen, weil ich vor Thony flüchten musste. Na schön, so lang hatte ich die Klamotten ja gar nicht an, wenn man bedenkt, dass Gene und ich die meiste Zeit im Bett verbracht haben, nackt versteht sich. Wieder huscht ein Lächeln über mein Gesicht. Eigentlich sollte ich lieber nach einer Lösung für meine Probleme suchen, aber alles, woran ich denken kann, sind diese unsagbar blauen Augen und natürlich auch ein bisschen an den dazugehörigen Kerl.

Als mein Handy klingelt, schaue ich voller Vorfreude darauf, doch dann erkenne ich eine deutsche Telefonnummer und runzle verwirrt die Stirn. Wer mag das wohl sein? Meine Eltern sind mit Sicherheit noch nicht in Deutschland gelandet. Ich wische mit meinem Daumen über das Display und nehme den Anruf entgegen.

»Hallo?«

»Carmen, bist du das?«

Nein! Die Stimme kenn ich doch! Das ist Alex, mein ehemaliger Chef. Für ihn habe ich vor Yamina gearbeitet.

»Alex! Wie geht es dir? Was verschafft mir die Ehre?«

Er lacht und ich kann ihn förmlich vor mir sehen, wie er sich mit den Fingern durch seine dunklen, welligen Haare fährt. An ihm ist ein echter Matt Bomer verloren gegangen. Gedanklich seufze ich und lausche weiter seinen Worten.

»Eigentlich bin ich immer noch untröstlich, dass du mich einfach so im Stich gelassen hast, für diese Diva. Aber ich kann es dir nicht verübeln, sie zahlt sicher um Längen mehr, als ich es kann.«

»Hör auf zu spinnen, Alex.« Ich lache und zupfe an meinem Top. »Was willst du?«

»Du kennst mich einfach zu gut. Ehrlich gesagt brauche ich deine Hilfe. VENGA könnte ein bisschen Unterstützung vertragen, wenn du weißt, was ich meine.« VENGA? Ich sortiere kurz meine Gedanken. VENGA ist das Kosmetiklabel von Alexander von Bergenstein. Mein letzter Wissensstand beruht darauf, dass es eine Niederlassung in Berlin gibt und eine Zweite im Gespräch war, als ich ging.

»Du redest von der Kosmetiklinie? Sorry, ich verstehe nicht ganz, was das mit Sanchez zu tun hat.«

»So ist es. Um genau zu sein, könnte es besser laufen. Der Bau der Niederlassung in Hamburg ist fertig, aber es haben sich Probleme aufgetan, sodass wir mit der Produktion nicht wie geplant starten können. Also dachte ich mir, ich klopfe mal bei den ganz Großen an, wenn ich schon jemanden an der Quelle sitzen habe.«

»Soso, ich bin also nur Mittel zum Zweck?«, frage ich gespielt beleidigt und krame mein Notizbuch hervor. Ein paar Stichpunkte notierend lausche ich Alex weiter.

»So funktioniert Business nun mal, meine Liebe. Wenn nicht bei mir, hättest du das spätestens bei Yamina lernen müssen.«

»Ach hör auf zu palavern, ich werde sehen, was sich machen lässt. Könntest du unter Umständen nächsten Monat nach New York kommen?«

»Das kommt auf die Umstände drauf an.« Wieder sehe ich ihn vor mir, ein süffisantes Grinsen im Gesicht.

»Ein Meeting mit IHR sollte wohl Grund genug sein.«

»Ich muss gestehen, da hast du ausnahmsweise recht.«

»Hast du immer noch nicht gelernt, dass wir Frauen immer recht haben?« Ein Kichern entkommt meiner Kehle. »Entschuldige, aber der musste sein. Ich melde mich bei dir, zwecks des Termins, ich bin nur leider selbst gerade etwas mit Problemen belastet. Noch ein guter Rat meinerseits, dein Businessplan sollte einwandfrei aussehen. Sie wird ihre Hausaufgaben machen, also sei auch du ein fleißiger Schüler.«

»Warum genau, muss ich mir mittlerweile etwas von dir sagen lassen? Ich habe das irgendwie anders in Erinnerung«, fragt er mich und ich schüttle lachend den Kopf.

»Alex Schätzchen, das musst du geträumt haben. Ich muss jetzt Schluss machen, aber ich melde mich verlässlich bei dir. Bis dann.«

»Bis dann und danke!« Wir legen auf und ich werde von rührseligen Erinnerungen übermannt. Es war eine schöne Zeit und ich bin froh, dass Alex ein so lockerer Chef war. Businessman durch und durch, aber seinen Angestellten war er stets freundlich und familiär gesonnen. Im Prinzip ist es bei Yamina nicht anders, nur dass sie ihre Launen nicht so im Griff hat und ihre Machtposition gerne ausspielt.

»Hey, Camelie.« Gene! Ich schaue verträumt zu ihm auf. Meine Gedanken haben mich so gefangen genommen, dass ich sein Eintreffen gar nicht bemerkt habe. »Mit wem hast du gesprochen, du siehst glücklich aus.«

»Das war Alex. Mein ehemaliger Chef. So wie es aussieht, werde ich ein Treffen zwischen ihm und Yamina organisieren.«

»Okay? Das musst du mir später genauer erklären. Aber was ist passiert, warum soll ich dich abholen?«

»Thony! Er ist wirklich nicht schwul, so wie Helen es vorausgesagt hat. Seine Annäherungsversuche waren unmissverständlich. Er kam nur mit einem Handtuch bekleidet aus der Dusche und ...« Weiter komme ich nicht, denn Gene ist bereits auf dem Weg zu den Fahrstühlen. *Oh Fuck!* Ich springe auf und renne ihm hinterher, das können wir gerade wirklich nicht gebrauchen.

»Warte! Wir dürfen uns keine Fehltritte erlauben, sonst sitze ich vermutlich noch heute Abend im Flieger zurück nach Deutschland«, versuche ich auf Gene einzureden, um ihn aufzuhalten.

Er stoppt und atmet lautstark aus. »Dieser Mistkerl! Geht es dir gut, hat er dich angerührt?«, fragt er bereits in einem vernünftigeren Ton.

»Alles Okay, ich konnte ihn davon überzeugen, dass der Deal platzt, wenn er sich noch einen Fehltritt leistet.

Gene nickt missmutig, legt einen Arm um meine Schulter und schlendert zurück zu dem stehengelassenen Koffer. Diesen zieht er hinter sich her, als wir uns auf den Weg nach draußen zu seinen Wagen machen.

Auf einem guten Weg

»Was kann ich tun, damit dieses *Miese-Laune-Gesicht* verschwindet? Wie kann ich dich glücklich machen?«, fragt mich Gene, als wir in den Lift zu seinem Apartment steigen.

»Um ehrlich zu sein, ich habe keinen blassen Schimmer«, mit hängenden Schultern kuschle ich mich an ihn und genieße es ein wenig bemitleidet zu werden. Er streicht mir sanft mit der Hand über den Rücken, während ich seinen Duft in meinem Gedächtnis verankere. Wie kann ein Mensch nur so gut riechen? Am liebsten würde ich den ganzen Tag in seinen Klamotten rumlaufen, nur damit er immer präsent ist.

»Na komm schon, irgendetwas muss es doch geben.«

»Das Einzige, was ich jetzt brauche bist du und vielleicht etwas zu essen«, bemerke ich, als sich mein Magen grummelnd zu Wort meldet.

»Keine Sorge, so schnell wirst du mich nicht los.« Ich kann sein Lächeln förmlich an meiner Wange fühlen, denn dort verharren seine Lippen, seit wir in den Aufzug gestiegen sind. »Wir könnten etwas bestellen, dann hätten wir das andere Problem also auch gelöst.«

»Na schön, die kleinen Unannehmlichkeiten sind aus der Welt geschafft«, gebe ich zu und ringe mir ebenfalls ein Lächeln ab. »Fragt sich nur, was mit den anderen passiert.«

Das kurze Läuten des Fahrstuhls kündigt an, dass wir in der gewünschten Etage angekommen sind. Gedankenverloren schlendern wir zu Genes Wohnung, als plötzlich mein Handy klingelt.

Es dauert eine halbe Ewigkeit, bis ich es aus den unendlichen Weiten meiner Handtasche gefischt habe und erkenne, dass es Yamina ist, die gerade anruft. Meine Finger zittern nervös, als ich das Gespräch annehme.

»Hi. Bitte sag mir, dass du deinen Laptop dabei hast, wo auch immer du gerade bist! Skype, in einer halben Stunde!« Und schon hat sie wieder aufgelegt, ohne dass ich nur ein Wort erwidern konnte. Immer noch verdutzt auf mein Handy starrend, folge ich Gene in das geräumige Wohnzimmer.

»Was ist los? Du siehst aus, als hättest du einen Geist gesehen.«

»Keine Ahnung. Yamina will skypen.«

»Wie war sie gelaunt?«

»Das ist knifflig zu sagen. Da sie immer einen Befehlston drauf hat, kann man da nur schwer zwischen Ernst und absolutem Supergau unterscheiden.«

Gene lacht bei meinen Worten und bringt meinen Koffer ins Schlafzimmer.

»Naja, wenn es um Leben und Tod ginge, hätte sie wohl nicht vorher noch auf einen Videochat bestanden oder?«, fragt er immer noch grinsend und drückt mir einen Flyer in die Hand.

»Such du aus, was wir essen. Ich bestelle dann, während du mit ihr telefonierst«, schlägt er vor und ich überfliege die aufgelisteten Speisen. Auf einem Zettel notiere ich das, was ich gerne hätte und reiche es ihm wieder. Schnell spurte ich ins Schlafzimmer, um meinen Laptop aus dem Koffer zu holen und platziere mich dann damit auf der Wohnzimmercouch. Auf dem riesigen Ledersofa, welches in U-Form aufgestellt ist, kann ich gemütlich meine Beine austrecken und es mir bequem machen. Ich warte, bis der Bildschirm aufleuchtet und bereite alles soweit für das Gespräch vor. Gespannt starre ich auf den Monitor, jedoch vergeht die Zeit dadurch auch nicht schneller. Was hältst du davon, wenn wir uns einen Film ansehen, während wir essen?«

»Wie wäre es mit meiner Lieblingsserie?«, frage ich und versuche einen Dackelblick aufzusetzen.

»Ernsthaft? Supernatural? Ich frage mich immer noch, wieso du dir so etwas ansiehst«, stellt er verblüfft fest und lässt sich neben mich auf die Couch fallen.

»Es reicht, wenn man auf der Arbeit den ganzen Tag von Barbiepüppchen umgeben ist, da darf es nach Feierabend auch mal ein wenig blutrünstiger und gruseliger zugehen.«

Er schaut mich mit hochgezogener Augenbraue an.

»Na schön, gruselig geht es bei uns auch manchmal zu«, gebe ich zu und wir brechen in schallendes Gelächter aus, indes ein Videoanruf von Yamina eingeht.

»Wenn man vom Teufel spricht«, flüstere ich, bevor ich mit einem mulmigen Gefühl im Bauch den Videochat entgegennehme.

»Hi, meine Liebe. Na, kannst du erkennen, wo ich mich gerade befinde?«

Ich schüttle den Kopf, denn das bleibt mir verwehrt.

»Warte einen Moment.« Sie hebt den Laptop etwas an und ich registriere, dass sie in einem Auto sitzt. Nun dreht sie den Monitor etwas und ich habe einen perfekten Blick aus dem Wagenfenster, direkt auf das *Weiße Haus*. Was zum Henker macht sie bitte in Washington?

»Du bist doch nicht etwa in deinem Zustand geflogen? Was machst du denn dort?«

»Na hör mal, ich bin doch nicht krank, außerdem liegt die Erlaubnis von meinem Arzt vor. Übrigens bin ich wegen dir hier, Schätzchen.« Inzwischen hat sie die Kamera wieder auf sich gerichtet. »Denn wie du unschwer sehen konntest, befinde ich mich vor dem *Weißen Haus*, aus dem ich gerade komme.« Sie grinst und meine Kinnlade klappt nach unten.

»Was hast du da gemacht?«

»Ich habe mich sehr nett mit einer meiner Stammkundinnen unterhalten. Selbstverständlich hatte ich auch ein paar exklusive Teile dabei, für sie und ihre Töchter.«

»Du warst bei der First Lady?« Panisch rutsche ich auf dem Ledersofa hin und her, Yaminas Grinsen hingegen wird immer breiter.

»Ja, rein zufällig habe ich dich in einem Gespräch erwähnt, was passiert war, welche Probleme wir deswegen momentan haben und dass ich in meinem Zustand doch auf deine kompetente Hilfe angewiesen bin, bla ... bla ... bla.« Sie verdreht genervt die Augen. »Du hast ja keine Ahnung, was ich da drin für dich getan habe.«

»Ja schon klar, du hast dir einen Zacken aus der Krone gebrochen und weiter?«, frage ich sie angespannt.

» Die gute Frau war so begeistert von meinem Vorschlag, sich in meinem nächsten Store umzusehen und zusammen mit den Mädels nach Herzenslust alles mitzunehmen, was ihnen gefällt.«

»Du hast was?«, frage ich entsetzt und sie macht eine wegwerfende Handbewegung.

»Publicity Carmen! Außerdem konnte ich sie davon überzeugen, dass es von Vorteil wäre, wenn du sie mit mir gemeinsam an diesem Tag nach Ladenschluss begleitest. Was natürlich bedeutet, dass du dafür in den Staaten sein müsstest.« Sie zeigt mir einen Zettel. »Weißt du, was das hier ist?« Den Wisch ein bisschen näher an die Kamera haltend deutet sie auf das Wappen und die Unterschrift, des PRÄSIDENTEN????

»Das ist nicht dein ernst? Willst du mir etwa gerade weismachen, dass du beim Präsidenten um mein Visum gebettelt hast?«

»Nicht direkt, ich habe seine Frau davon überzeugt. Wie du weißt, bekommen die Damen des Hauses immer das, was sie wollen.« Sie zwinkert und wirft einen Blick auf das Dokument. »Herzchen, mit diesem Ding kannst du einen Mord begehen und wärst trotzdem noch auf freiem Fuß. Das hier ist ein Visum auf Lebenszeit.«

»Ich weiß gar nicht, was ich sagen soll.«

»Sieh es als Wiedergutmachung für meine Launen an, auch für alle, die noch kommen.« Sie lacht und streicht sich eine Haarsträhne aus den Augen. »Da ich schon in der Gegend bin, werde ich gleich nach New York weiter fliegen.«

»Was? Du bist auf dem Weg hierher? Aber ich habe doch noch gar kein Hotel und nichts gebucht.«

»Mach dir keinen Stress. Nathalie hat sich um alles gekümmert, du hast noch Schonfrist, bis du das mit dem schleimigen Kerl da erledigt hast. Warren und Helen wissen Bescheid, da ich wegen des Visums Rücksprache gehalten habe.«

Ich atme erleichtert aus. »Okay, das beruhigt mich.«

»Lucien ist auch bei mir, wir kommen klar, aber ich möchte dich trotzdem gern morgen treffen, wenn das möglich ist.«

»Natürlich, das versteht sich ja von selbst. Ich danke dir, für alles.«

»Wir sehen uns morgen und schön brav bleiben, ich sehe genau, dass du in Genes Wohnung bist.« Sie zwinkert wieder, drückt das Gespräch weg und ich bin immer noch völlig baff.

»Camelie! Ich würde sagen, das muss gefeiert werden!« Gene stellt den Laptop beiseite und zieht mich auf seinen Schoß. Unverwandt treffen seine Lippen auf meine. Berauscht von den Glückshormonen, die sich in meinem Blut verteilen, komme ich den Zärtlichkeiten nur zu gerne entgegen. Ich spüre seine Hände, die sich langsam ihren Weg unter mein Top bahnen und sanft meine nackte Haut streicheln. Die Liebkosungen genießend, schließe ich die Augen und beginne an den Knöpfen seines Hemdes zu nesteln.

»Nicht so hastig, Baby. Mich nimmt dir keiner mehr weg«, hält mich Gene zurück und ich schlage verwegen die Lider auf.

»Stimmt, jetzt haben wir wirklich alle Zeit der Welt«, spiele ich, immer noch überwältigt, auf mein Visum an. Yamina ist und bleibt einfach meine Göttin. Aber bevor ich mir weiter darum Gedanken mache, sollte ich mich lieber wieder dem Gott, auf dessen Schoß ich sitze, widmen.

»Möchtest du nicht lieber woanders mit mir hingehen? Es gibt noch ein paar Stellen in diesem Apartment, die wir noch nicht eingeweiht haben«, flüstere ich lächelnd und beiße zärtlich in sein Ohrläppchen. Ein tiefes Raunen verlässt seine Kehle und symbolisiert mir, wie erregend er meinen Vorschlag findet. Genes Finger öffnen geschickt den Verschluss meines BHs, bevor er ihn mir samt Top auszieht.

»Interessant, ich dachte, wir gehen es langsam an.« Herausfordernd versuche ich ihm in die Augen zu schauen, doch meine Bemühungen sind vergebens, da er gänzlich damit beschäftigt ist, meine vollen Brüste zu mustern. Mit der Zungenspitze benetzt er seine Lippen und mein Blick bleibt an dem nun vor Feuchtigkeit glänzenden Mund hängen. Zu gerne möchte ich von den sinnlichen Lippen kosten, die er mir noch verwehrt. Langsam zeichnen seine Finger den Weg von meinem Rücken zu den Brüsten. Zärtlich umfasst er sie und haucht sanfte Küsse auf die empfindlichen Spitzen, welche sich sogleich verhärten, als ich seinem Atem darauf vernehme. Gekonnt reizt er mich mit der Zunge und verursacht damit ein beinahe schmerzendes Ziehen in meinem Bauch, das sich über den ganzen Körper zu verteilen scheint.

»Wo willst du mich, Camelie?«, fragt er heiser, was mir nur noch mehr die Hitze ins Gesicht treibt.

»In deinem Büro«, gebe ich ebenso leise zurück und erkenne das aufflackernde Verlangen in seinen blauen Augen. Ihm ein zaghaftes Lächeln schenkend, richte ich mich auf und ergreife seine Hand. Wortlos und getrieben von unserer Lust befinden wir uns wenig später in seinem Arbeitszimmer. Der Raum liegt im Halbdunkeln, wird nur von den Lichtern der umgebenden Gebäude in eine angenehme Atmosphäre getaucht. Gene führt mich zu dem Schreibtisch, fegt mit einer schnellen Handbewegung die Papiere, welche sich darauf türmen, hinunter. Gleichmäßig schweben die losen Blätter zu Boden, doch er schenkt ihnen keine Beachtung. Seine ganze Aufmerksamkeit gilt mir. Ich umarme ihn, schmiege mich an seine Brust und streife ihm nun endlich das Hemd von den breiten Schultern. Allein der Anblick seines Oberkörpers versetzt mich in Ekstase, während ich die Hände über seine muskulösen Arme gleiten lasse. Genes Finger öffnen flink die Knöpfe meiner Jeans, bevor er mich auch von diesem lästigen Stück Stoff befreit. Langsam schiebt er die Hose hinunter und geht dabei vor mir auf die Knie. Sanft spüre ich seine Lippen auf meinem noch durch Spitze verhüllten Venushügel. Mir entkommt ein leises Stöhnen und ich stütze mich Halt suchend an der Kante des Schreibtisches ab. Genes Hände gleiten an meinen Beinen nach oben, stoppen bei den schmalen Streifen meines Höschens. Achtlos reißt er es auseinander, als ich auch schon den warmen Atem auf meiner nackten Haut spüre. Seine heiße Zunge schiebt sich zwischen meine Schamlippen und findet sogleich meine Klit, die pochend in ihrem Versteck darauf gewartet hat, von ihm in Besitz genommen zu werden. Bevor meine Knie weich werden, setze ich mich auf die kühle Holzplatte, spreize die Beine und biete ihm so noch mehr von meiner feuchten Mitte an. Meine Finger vergraben sich in seinen Haaren, indes er meine Perle mit gekonnten Zungenschlägen verwöhnt. Abwechselnd zart und gemächlich, sowie hart und schnell leckt er über mein geschwollenes Lustzentrum. Mich vor Verlangen windend, flehe ich ihn an mich endlich von der süßen Folter zu erlösen. Bedächtig küsst er sich stattdessen an einem Oberschenkel hinab, bis zu meinem Knöchel, welchen er sich auf die Schulter legt. Das gleiche Spiel wiederholt er mit der anderen Seite und richtet sich auf, sodass ich gezwungen bin, mich auf dem Schreibtisch zurückzulegen, während meine Füße auf seinen Schultern liegen. Bei der Vorstellung, was hier gleich passieren wird, überflutet noch mehr Wärme meinen Körper. Ich lechze danach ihn in mir zu spüren und mein Herz klopft wild in freudiger Erwartung, als ich höre, wie sich der Reißverschluss seiner Hose öffnet. Noch einmal reizt er mich mit den Fingern, versenkt sie in mir und gibt einen Vorgeschmack dessen, was ich herbeisehne. Zarte Küsse auf meine Knöchel hauchend, drängt er sich näher an mich. Gene packt meine Hüften, zieht das Becken zu sich heran und dringt mit einem heftigen Stoß, der mich laut aufstöhnen lässt, in mich ein. Fest umklammert er meine Beine und schiebt sich in einem schnellen gleichmäßigen Rhythmus immer wieder in mich. Ich versuche Halt zu finden, um seinen Bewegungen entgegenzuwirken, doch er lässt mir keine Chance zur Ruhe zu kommen. Hart stößt er zu und ich keuche unüberhörbar bei den in mir hervorgerufenen Gefühlen. Die Intensität, mit der er vorgeht, treibt mich zu ungeahnten Höhenflügen an. Ich fühle den Orgasmus tief in meinem Inneren herannahen und bin völlig überwältigt, als er sich bis in jede kleinste Faser meines Körpers ausbreitet.

In einem tranceähnlichen Zustand befindend, nehme ich wahr, dass Genes Höhepunkt ebenfalls von ihm Besitz ergreift.

Mit glasigem Blick lässt er von meinen Beinen ab, die ich sogleich um seine Hüften schlinge. Nach meiner Hand greifend, zieht er mich mit einem Ruck an sich, sodass wir in einer tiefen Umarmung den Nachwehen unseres grandiosen Finales genießen können.

»Ich liebe dich, Camelie«, flüstert er, das Gesicht in meinen Haaren vergrabend.

»Ich liebe dich, Gene«, antworte ich wahrheitsgemäß und streiche ihm sanft über den Rücken, während ich unzählige Küsse auf seinem Hals verteile.

»Von nun an gibt es keine Geheimnisse mehr zwischen uns, versprich es mir«, fordert er und ich nicke zufrieden.

Alte Bekannte

»Wie hast du dir eigentlich das Nachweisen von Anthonys Taten vorgestellt?«, will Gene wissen, als wir uns am nächsten Morgen beim Frühstück gegenübersitzen.

»Das ist eine gute Frage, so genau habe ich noch gar nicht darüber nachgedacht. Ich kann ihn ja wohl schlecht vorm Altar fragen, das muss schon früher ans Licht gebracht werden.«

Gene ballt die Hände zu Fäusten.

»Am liebsten würde ich diesem Dreckskerl zeigen, was passiert, wenn er mein Mädchen anfasst.«

Bei seinen Worten schweben rote Herzchen über meinem Kopf. *Ist das nicht wundervoll? Wie lange habe ich darauf gewartet, dass ein Mann mal so etwas zu mir sagt? Unendlich kitschig, ich weiß, aber danach lechzt meine geschundene Seele.*

»Möglicherweise könnte ich versuchen ihn aus dem Hotelzimmer zu locken und dann ein wenig rumschnüffeln? Das Beste wäre natürlich, wenn ich sein Handy in die Finger bekäme. Damit ließe sich bestimmt auch einiges herausfinden.«

Gene mustert mich mit kritischem Blick.

»Ehrlich gesagt halte ich das für keine gute Idee. Wenn Helen und Warren doch schon Anhaltspunkte haben, warum gehen sie damit nicht zur Polizei? Dein Visum ist sicher, also brauchst du doch nichts mehr vorspielen.«

»Das mag sein, aber ich habe ihnen meine Hilfe zugesichert und stehe zu meinem Wort.«

»Dir reicht wohl noch nicht, dass du schon einmal nur knapp dem Tod von der Schippe gesprungen bist?« Gene seufzt, doch ich schüttle den Kopf.

»Komm schon, was soll er denn groß anrichten? Der will mich lediglich ausnehmen und ein bisschen den Macker markieren. Ich werde einfach versuchen die Wogen ein bisschen zu glätten, ihm sagen, dass ich ganz schön überrumpelt war, aber natürlich auf seine Hilfe angewiesen bin und wer weiß, vielleicht würde sich ja sogar noch etwas mit uns ergeben.« Ich muss selbst über meine Rede lachen. »Hört sich das bescheuert an? Oder unglaubwürdig?«

Gene lächelt schwach.

»Versprich mit, dass du auf dich aufpasst. Ich stehe das nicht noch einmal durch, diese Bilder, als du im Krankenhaus lagst, werden mich mein Leben lang begleiten.«

Schmunzelnd umrunde ich den Tisch und setze mich auf seinen Schoß.

»Glaub mir, wer auch immer mich zu sich holen wollte, hat mich freiwillig wieder zurückgeschickt, weil ich ganz schön unerträglich sein kann. Meine Zeit ist noch nicht gekommen.« Ich hauche ihm einen Kuss auf den Mund und lehne mich an ihn. »Zuerst muss ich hier noch ein paar Leuten auf die Nerven gehen.«

»Na schön, aber ich möchte, dass du dich sofort bei mir meldest, wenn etwas geschieht.«

Ich nicke aufrichtig und streiche ihm durch die dunklen Haare. »Das werde ich, muss aber jetzt los. Hoffentlich ist er auch im Hotel, ich habe keine Lust ihn noch zu suchen. Gott weiß, wie viel er schon von meinem Geld ausgegeben hat«, fluche ich leise, nach frischer Kleidung in meinem Koffer suchend.

»Wann wirst du dich mit Yamina treffen?«, fragt Gene, der lässig im Türrahmen lehnt und mich beim Anziehen beobachtet.

»Ich habe noch keine Nachricht von ihr erhalten, vermutlich am Nachmittag. Was hast du heute vor?«

»Im Büro ist einiges liegengeblieben, seitdem das mit Matthew und Samantha passiert ist. Ich werde zwar von ein paar fleißigen Helfern unterstützt, aber ganz ohne mich geht es dann doch nicht.«

»Kein Problem. Sehen wir uns später?«

»Wenn du willst. Ich lasse dir wieder einen Schlüssel hinterlegen, somit kannst du kommen, wann immer du möchtest.«

Nickend schlüpfe ich in Jeans und eine schwarze Bluse, bevor ich mich mit einem langen, leidenschaftlichen Kuss von meinem Freund verabschiede. Beflügelt von den vergangenen Stunden, werde ich den Weg zum Hotel erneut zu Fuß bewältigen. Mit geschulterter Handtasche und einer ordentlichen Portion Nervosität im Bauch, fechte ich mit den imaginären *Stimmen* einen Kampf aus. Jede weiß es besser und ich bin kurz vorm Nervenzusammenbruch, als ich vor der Zimmertür stehe. Ich bete inständig, dass er nicht wieder so ein Chaos hinterlassen hat, wie am Vortag und entriegle mithilfe der Chipkarte das Schloss.

Die Vorhänge sind noch zugezogen, sodass ich gezwungen bin, das Licht einzuschalten. Vorsichtig luge ich um die Ecke, nachdem ich den kleinen Gang bis zum eigentlichen Schlafraum bezwungen habe. Mein Blick fällt direkt auf den Schlafplatz und lässt mir den Atem stocken. Anthony liegt immer noch schlafend, mit einer Frau im Arm, im Bett. Das darf doch nicht wahr sein! Was denkt sich dieser eingebildete Kerl überhaupt? Mit den Händen in die Hüfte gestemmt, baue ich mich vor dem Fußende des Bettes auf und räuspere mich, so laut, dass es selbst Tote wecken würde. Thony schlägt zuerst die Augen auf und wirkt verwirrt mich zu sehen, bevor er sich verwegen lächelnd aufsetzt. Verschlafen fährt er mehrmals mit der Hand durch die wirren Haare und versucht sie somit zu bändigen.

»Was machst du denn hier?«, fragt er mit kratziger Stimme, während ich ihn nur weiter anstarre. Nun regt sich auch die Blondine, die sich, sobald sie mich wahrnimmt, ihre

Decke über den Busen zieht. Genervt verdrehe ich die Augen.

»Schätzchen, du hast nichts, das ich nicht schon gesehen habe und nun mach nen Abflug«, gebe ich ihr zu verstehen und unterdrücke ein Grinsen, als sie mich entgeistert ansieht. »Was ist? Rede ich chinesisch? Ich werde ja wohl mit meinem zukünftigen Mann alleine sein dürfen.«

Ihr Blick spricht Bände, der zuerst mir und dann Thony gilt.

»Du bist verheiratet, du Arsch?«, fragt sie ihn, indes auch schon ihre flache Hand auf Anthonys Wange landet.

»Nein, noch nicht wirklich«, murmelt dieser mürrisch und ich tanze gedanklich Salsa.

»Als ob das irgendetwas ändert!« Sie springt aus dem Bett, sammelt ihre Sachen zusammen und verschwindet im Bad.

»Was verschafft mir die Ehre?«, fragt Thony und lehnt sich gelassen zurück. Lüstern wandert sein Blick über meinen Körper und ich möchte mich am liebsten übergeben bei dem Gedanken daran, dass ich diesen Menschen beinahe geheiratet hätte.

»Ich habe nachgedacht. Du hast mich gestern ganz schön überrumpelt, denn ich war der festen Überzeugung, deine sexuellen Vorlieben würden sich auf Männer beschränken. Somit wäre von dir keine Bedrohung ausgegangen, wenn du verstehst, was ich meine. Eigentlich bin ich gekommen, um dir ein Friedensangebot zu unterbreiten, aber du hast dich ja schon anderweitig umgesehen.« Hoffentlich klingt meine Stimme so verletzt, wie ich mir das vorstelle.

»Carmen, ich bin auch nur ein Mann mit Bedürfnissen, außerdem dachte ich nicht, dass du so schnell wieder hier auftauchen würdest.«

»Du magst recht haben, nur zerstört das gerade meine Illusion, dass es vielleicht doch irgendwann mit uns klappen könnte.« Lächelnd setze ich mich auf die Bettkante und beobachte seine Reaktion. Diese bleibt jedoch aus, zumindest sitzt er weiter lässig gegen die Stirnwand gelehnt, mich beobachtend.

»Du bist also der Meinung, dass aus einer Scheinehe auch mehr werden kann?«

Ich zucke mit den Schultern. »Naja, möglich ist alles oder nicht? Außerdem hast du doch mit dem Mist angefangen gestern. Du kannst mir echt glauben, dass mich das die halbe Nacht gekostet hat«, lüge ich und blicke verlegen zu Boden, um meine Worte zu untermalen.

»Es würde mich interessieren, wie weit du bereit bist zu gehen.« Anthony schlägt die Decke zurück und mir bleibt das Herz stehen. Aus dem Augenwinkel kann ich erkennen, dass er nackt ist. Langsam steigt er aus dem Bett und umrundet es, bis er vor mir stehen bleibt. Mein Blick bleibt weiter starr auf den Boden geheftet.

»Solche Situationen werden sicher öfter vorkommen, wenn wir verheiratet sind, also solltest du dich besser an den Anblick gewöhnen. Natürlich werde ich nicht ›nein‹ sagen, wenn du deinen ehelichen Pflichten nachgehen willst.«

Ich kann sein dreckiges Grinsen nahezu fühlen und am liebsten würde ich ihm den Schwanz abreißen für seine Dreistigkeit. Allen Mut zusammennehmend schaue ich zu ihm auf, direkt in seine Augen.

»Was hast du erwartet? Dass ich peinlich berührt bin? Du tust ja gerade so, als hätte ich noch nie einen nackten Mann gesehen.« Entschlossen richte ich mich auf, baue mich vor ihm auf, was auf Grund meiner Größe ja nicht sonderlich schwierig ist und schüre die Lippen. Sie sind nur wenige Zentimeter von seinen entfernt. Weder er noch ich zucken zurück, sondern stehen uns wie versteinert gegenüber. Trotz, dass er ein wirklich ansehnlicher Mann ist, kann ich ihm in diesem Moment nichts abgewinnen. Dennoch versuche ich mir nichts anmerken zu lassen und streife mit den Lippen über seine Wange bis hin zu seinem Ohr.

»Für den Anfang, solltest du dein Betthäschen im Bad loswerden und dann sehen wir weiter«, hauche ich und trete noch einen Schritt näher an ihn heran. Anthony ist sichtlich erregt. Er schluckt schwer und nimmt mein Gesicht in die Hände.

»Wenn das hier dein ernst ist, dann gibt es kein zurück«, sagt er angespannt und befeuchtet sich die Lippen mit der Zunge.

Es ist nur dieses eine Mal, denke daran, das hat nichts zu bedeuten, rede ich mir ein und küsse ihn.

»Geh bitte und werde ihren Geruch los«, füge ich hinzu, nachdem ich mich von ihm gelöst habe.

Verdutzt blickt Thony mich an, bevor er im Bad verschwindet. Wenig später stolpert die Blondine heraus und ich höre, wie die Dusche angeschaltet wird. Das ist meine Chance!

Ohne über den Kuss nachzudenken, wühle ich mich, auf der Suche nach dem Handy, durch seine Klamotten.

Es muss doch irgendwo zu finden sein! Fluchend stöbere ich auch in den Schubladen der Kommoden, doch schlussendlich erblicke ich es unter dem Kissen im Bett. So ein Checker, selbst im Bett hat er das Handy dabei. Augenverdrehend begebe ich mich auf Spurensuche, indem ich über das Display wische. Gott sei Dank hat er keine Sicherheitsabfrage installiert und ich kann mich durch seine Nachrichten forsten. Unter unzähligen Frauennamen fallen mir zwei Chatverläufe sofort ins Auge. Zwei Namen, die ich nur zu gut kenne, veranlassen mich dazu meine Sachen zu schnappen und schnellstens aus dem Hotelzimmer zu flüchten. Mit Thonys Handy im Gepäck haste ich über den Flur zum

Treppenhaus. Auf den Lift kann ich nicht auch noch warten. So schnell mich meine Füße tragen, sprinte ich die Stufen nach unten und komme völlig außer Atem in der Lobby an. Mit zittrigen Fingern wische ich über das Display meines Handys und kontaktiere zuerst Warren und Helen, bevor ich Genes Nummer wähle.

»Camelie, was ist los? Geht es dir gut?«

»Mir schon, aber Thony bald nicht mehr. Ich habe bereits Warren und Helen informiert. Sie wollen die Polizei benachrichtigen. Ich bin noch im Hotel, aber in der Lobby und habe sein Handy. Du kommst nie drauf, was ich gefunden habe. Das geht weit über Heiratsschwindel und Scheinehe hinaus. So langsam ergibt auch alles einen Sinn. Er hatte regen Kontakt zu Matthew und Frank. Sagen dir die Namen etwas?«

»Scheiße, Camelie. Schau, dass du dich bei jemandem verstecken kannst, aber lass dich auf keine Konfrontation mit ihm ein. Ich bin sofort auf dem Weg. Hörst du, was ich sage? Noch einmal steh ich das nicht durch!«

»Ich komm schon klar, fahr du lieber vorsichtig. Bis gleich.« Das Gespräch beenden, bemerke ich erst jetzt, dass mich einige Leute anstarren und ich seufze tief, bevor ich mich an die Frau von der Rezeption wende. Es kann sich nur noch um wenige Minuten handeln, bis Thony darauf kommt, dass ich sein Handy und somit auch die Beweise habe.

»Bitte, Sie müssen mir helfen. Der Mann, mit dem ich angereist bin, ist kriminell. Die Polizei ist bereits auf dem Weg hierher, aber er darf mich nicht sehen. Die Beweise habe ich hier in seinem Handy.« Die Empfangsdame schaut mich mit großen Augen an und deutet mir hinter den Tresen zu kommen. Ich gebe ihrer Aufforderung nach und lasse mich dahinter sitzend auf den Boden sinken. *So wird er mich nicht gleich sehen, wenn ich mich hier verstecke*, denke ich und beginne wieder die Nachrichten zu lesen. Unfassbar, ich kann es immer noch nicht glauben, dass Thony mit Matthew und Frank unter einer Decke steckt. Alles war bis ins kleinste Detail geplant. Schockiert lese ich über die Attacke gegen mich und weitere, die noch geplant waren. Sie haben uns alle an der Nase herumgeführt. Wenn Yamina das erfährt, wird sie ausflippen.

Dunkle Verbindungen

»Haben Sie meine Verlobte gesehen?«, ertönt Thonys Stimme über mir beziehungsweise hinter der Theke, hinter der ich kauere, um mich zu verstecken.

»Tut mir leid Mister Smith, ich habe sie leider nicht gesehen. Sollen wir Ihnen vielleicht einen Drink servieren, während Sie warten?«, fragt die Empfangsdame gelassen und ich feiere sie innerlich dafür.

»Nein, ich muss sie suchen, sie hat ausversehen mein Geschäftshandy eingesteckt, das ich aber dringend für ein Gespräch benötige.« Er trommelt nervös mit den Fingern auf dem Empfangstresen und ich umklammere das gesuchte Objekt etwas fester mit der Hand.

»Darf ich Ihnen eines unserer Telefone zur Verfügung stellen, bis ihres wieder auftaucht?«

Anthony seufzt laut hörbar, um Fassung ringend. »Nein, ich glaube, dass ich ihr nachgehen werde. Falls Sie sie sehen, könnten Sie mich bitte auf meiner privaten Nummer anrufen?«

»Selbstverständlich, aber entschuldigen Sie, wenn ich mich einmische, warum rufen Sie sie denn nicht einfach an und fragen, wo sie ist?«

Ich erstarre und verpasse ihr einen Hieb mit der Faust gegen das Schienbein. Schnell suche ich mein Smartphone in der Tasche, um den Klingelton auszuschalten, bevor er mich verraten könnte. Eilig wischen meine Finger über das Display, doch stattdessen ertönt eine fremde Melodie, und zwar die von Anthonys Handy, welches in meiner Hand liegt.

»Scheiße«, fluche ich und springe auf, wohl wissend, dass er mich gleich festhalten wird.

»Bleib stehen, Miststück!«, ruft er mir zu, während ich in die entgegengesetzte Richtung vor ihm davon laufe. Ich sprinte zum Ausgang und lege noch einen Zahn zu, als mir bewusst wird, dass vor dem Gebäude ein paar Polizeiautos. Auf die Tür zusteuernd, wage ich es nicht mich umzudrehen und zu schauen, wie nah er mir schon ist. Die Glastür öffnet sich und Warren samt Helen kommt herein, während ich sie beinahe umrenne. Schützend nehmen sie mich in die Arme, indes die Beamten hereinstürmen und sich um Thony kümmern.

Erst als Helen den Arm von meinen Schultern nimmt, drehe ich mich um und schenke dem Geschehen mehr Beachtung. Thony liegt bäuchlings am Boden, während ein Beamter auf ihm kniet und dessen Hände in die metallenen Fesseln legt. Die anderen Beamten stehen mit gezogenen Waffen neben den beiden, den Vorfall sowie die Umgebung fest im Blick. Ein paar Gäste sind erschrocken zum Ausgang geflüchtet und beobachten den Vorgang genauso interessiert, wie ich. Meine Hände zittern und meine Knie sind weich wie Butter, während mich die Anwälte zu einem Krankenwagen begleiten.

»Brauchen Sie ärztliche Hilfe?«, fragt mich ein Sanitäter, dich ich schüttle den Kopf. Noch bin ich nicht in der Lage dazu zu sprechen. Wortlos lehne ich mich an die Motorhaube von Warrens Wagen, zu dem sie mich als nächstes geschleift haben.

»Ich fürchte, wir müssen noch auf die Polizisten warten. Sie werden Fragen stellen. Aber vielleicht sollten wir im Vorfeld schon einmal besprechen, was du sagen wirst. Du weißt, dass man bestimmte Dinge auch gegen dich verwenden kann«, bereitet mich Helen auf die mir drohende Befragung vor. Seufzend erkenne ich, dass es hier wohl noch eine Weile dauern könnte. Als ich mich räuspere und gerade beginnen will, sehe ich Gene, der sich einen Weg durch die Beamten, Sanitäter und Schaulustigen bahnt. Mein Herz klopft noch schneller, als zuvor und ich komme nicht umhin zu lächeln, weil ich mich so sehr freue ihn zu sehen. Er nimmt mich in die Arme, zerdrückt mich beinahe, sodass ich keine Luft mehr bekomme, aber ich klammere mich ebenso an ihn.

»Ich habe mir solche Sorgen gemacht. Geht es dir gut?«, fragt er mich und haucht mir einen Kuss auf die Stirn, jedoch ohne mich freizugeben.

»Ja, alles okay. Nur noch etwas wackelig auf den Beinen. Aber hier: Schaut euch erst einmal sein Handy an«, sage ich zu den Anwälten und gebe ihnen das Smartphone von Anthony. Warren und Helen starren gebannt auf das Display, während mir Gene immer wieder Liebesbekundungen ins Ohr flüstert. Er löst sich nur kurz von mir, um mir seine Jacke über die Schultern zu legen. Sogleich spüre ich wieder seine starken Arme um mich und kuschle mich an ihn.

»Es tut mir leid, ich musste ihm einen Kuss auf den Mund geben, aber sonst wäre er nie darauf eingegangen sich für mich frisch zu machen. Nur so gelang es mir in der Zeit, die er im Bad war, seine Sachen zu durchsuchen.«

»Alles in Ordnung. Ich vertraue dir.« Zärtlich streicht er unter der Jacke über meinen Rücken und ich liebe ihn für diese Aussage noch ein wenig mehr. »Klärst du mich auch darüber auf, was passiert ist?«

»Ja, am besten euch allen.«

Auch Warren und Helen wenden sich mir zu.

»Aus den Nachrichten geht eindeutig hervor, dass Anthony Kontakt zu Matthew, der mich angeschossen und Frank, meinem Vorgänger bei Sanchez, hatte. Ich vermute stark, dass die Drei etwas miteinander zu schaffen haben und dabei kann nichts Gutes herauskommen. Wenn ich als Laie eins und eins zusammenzähle, kann ich mir das nur so erklären, dass Frank Matthew aus dem Knast heraus angeheuert haben muss. Durch dich, Gene, hat er sich wieder einen Weg in Yaminas Nähe erschleichen können. Nur was das Ganze nun auch noch mit Anthony zu tun hat, verstehe ich nicht.

Er muss auch ein Handlanger von Frank sein, aber was er erreichen wollte, konnte ich nicht herausfinden.«

»Das lass auch mal die Sorge von den Beamten und uns sein«, merkt Warren an und beschäftigt sich weiter mit Thonys Handy. »Helen, bitte kläre das gleich mit dem Gefängnisdirektor. Ich will Frank in zwei Stunden gegenübersitzen und ihm mal auf den Zahn fühlen.« Sie nickt und wendet sich von uns zum Telefonieren ab.

»Miss Kerr? Mein Name ist Officer Ryan Wyatt, haben Sie dann bitte kurz Zeit für uns? Wir möchten Ihnen gerne ein paar Fragen stellen«, wendet sich einer der Polizisten an mich und ich nicke.

»Können die Anwälte und mein Freund dabei sein?«

Der Beamte schaut zu Warren, bekommt große Augen und nickt. Scheinbar kennen sich die beiden, aber mir soll es recht sein, wenn ich nicht weiter darüber diskutieren muss, wer mich begleiten darf und wer nicht.

»Das Hotel stellt uns freundlicherweise einen ihrer Besprechungsräume zur Verfügung, dann müssen wir nicht aufs Revier«, erklärt er weiter, als wir ihm folgen. Auch Helen, die mittlerweile ihr Gespräch beendet hat, stöckelt neben Warren her. Zu ihm beugend, flüstert sie ihm etwas ins Ohr, das ich leider nicht verstehen kann. Vermutlich wird es mit dem Fall zu tun haben, da ich keinerlei Regung in Warrens Gesicht wahrnehme.

»So da wären wir. Bitte nehmen Sie doch Platz. Mein Kollege müsste gleich hier sein, dann können wir beginnen.«

Ich halte unter dem Tisch Genes Hand fest umklammert und hoffe, dass wir hier bald weg können. Das Einzige, was mir für den heutigen Tag noch Antrieb gibt, ist die Voraussicht auf einen gemütlichen Abend mit meinem Freund. Das Treffen mit Yamina muss ich wohl oder übel trotzdem über mich ergehen lassen. Schließlich sollte sie über die neuesten Erkenntnisse ebenfalls aufgeklärt werden. Als ein weiterer Beamter den Raum betritt, atme ich erleichtert auf. Das Ende ist also in Sicht.

»Guten Tag, Miss Kerr, Warren, Helen.« Er nickt den beiden zu und wendet sich dann an mich. »Ich bin Sergeant Leo Miller. Sie brauchen keine Angst zu haben, wir möchten von Ihnen nur ein paar Einzelheiten erfahren.«

Ich schaue hilfesuchend zu den Anwälten, die mir aufmunternd zunicken. »In Ordnung, fangen wir an.«

»Also schön. Beginnen wir damit, was Sie hier gemacht haben und woher Sie diesen Mann kennen? Was hat ihn so wütend gemacht?«

»Ehrlich gesagt, weiß ich gar nicht, wo ich anfangen soll. Wie Sie sicher bemerkt haben, bin ich gebürtig aus Deutschland. Ich arbeite seit einigen Jahren für Sanchez Corp., als persönliche Assistentin der Chefin. Leider wurde es von mir und auch der Firma versäumt mein Visum zu verlängern, sodass ich schon bald nach Deutschland hätte abgeschoben werden sollen. In meiner Not wurde mir Anthony vorgestellt, der sich anbot mich zu heiraten. Ich gebe zu, mit dem Gedanken gespielt zu haben, dachte aber es wäre klüger mich erst bei meinen Anwälten nach meinen Möglichkeiten zu erkundigen. Also hatte ich Anthony gleich mitgenommen, für den Fall der Fälle. Sie verstehen.« Ich lächle schüchtern, in der Hoffnung mich nicht strafbar zu machen, wenn ich hier zugebe, beinahe einer Scheinehe zugestimmt zu haben. »Wie dem auch sei, Warren und Helen klärten mich alsbald auf, dass es sich bei Anthony um einen Heiratsschwindler handelt. Wir beschlossen, dass ich ihm ein wenig auf den Zahn fühle. Heute war es dann so weit und ich bekam die Chance mir sein Smartphone anzueignen. Dabei fielen mir einige Nachrichten auf, die ein noch viel größeres Ausmaß annehmen, als wir geahnt hatten.« Nun erzähle ich den Beamten von meinem Fund und den Vermutungen, die ich diesbezüglich habe. Diese notieren einige meiner Punkte und unterhalten sich dann weiter mit Warren und Helen.

»Wenn Sie wollen, können Sie gehen. Vorerst haben wir genug Informationen, sollte Ihnen noch etwas einfallen erreichen Sie uns hier.« Leo Miller schiebt mir seine Karte entgegen und ich ergreife sie rasch, mich alsbald aufrichtend. »Wenn wir noch Fragen haben, wenden wir uns an Ihre Anwälte.«

Ich nicke und reiche den Beamten die Hand, bevor wir uns auch von Warren und Helen verabschieden.

»Ein Treffen mit Yamina steht noch an«, teile ich ihnen mit und verlasse mit Gene das Hotel.

»Ist alles in Ordnung?«, fragt er mich, als wir in sein Auto steigen.

»Alles ok, lass mich nur schnell Yamina anrufen, sie hat ein Recht darauf zu erfahren, was hier getrieben wird. Im Prinzip scheint es ja letztendlich um sie zu gehen.«

»Unglaublich, dass man offensichtlich selbst aus dem Gefängnis heraus noch die Fäden in der Hand halten kann.« Gene schüttelt den Kopf, während ich auf das Freizeichen warte.

»Hey! Dich wollte ich gerade als vermisst melden.« Meine Chefin lacht und weiß gar nicht, wie sehr sie damit ins Schwarze trifft.

»Hi, wo seid ihr? Wo können wir uns treffen?«

»Okay? Das hört sich seltsam an, geht es dir gut?«

»Ja, mir geht es gut, aber es gibt Neuigkeiten, die dich interessieren werden. Sie haben mit meinem Vorgänger zu tun.«

»Was?« Yamina brüllt fast in den Hörer.

»Ja, du hast richtig gehört. Wo seid ihr?«

»In Luciens Apartment«, kommt es knapp zurück und ich gebe die Information an Gene weiter, der sich sofort in den Verkehr einreiht.

»Bis gleich«, sage ich und lege auf.

Nach dem Sicherheitscheck am Eingang des Hauses, in dem sich Luciens Apartment befindet, stehen wir wenig später vor dessen Tür und warten auf Einlass. Yamina öffnet uns und drückt mich an sich.

»Schön dich wieder zu sehen. Erzähl mir, was passiert ist.« Sie zieht mich ins Wohnzimmer und drängt mich dazu es mir auf dem Sofa bequem zu machen. Lucien bietet uns etwas zu trinken an, bevor ich die Geschichte erneut zum Besten gebe.

Die beiden sind sichtlich geschockt von den unerfreulichen Nachrichten, welche ich ihnen gerne erspart hätte.

»Warren und Helen werden noch heute Frank beehren und versuchen noch mehr herauszufinden. Die Polizei ist auch weiter bemüht, Beweise zu sammeln und Verbindungen zu durchleuchten. Wir sollen den morgigen Tag abwarten und dann entscheiden, ob es Sinn macht vor der Promo noch einmal nach Miami zu fliegen oder nicht. Immerhin solltest du momentan jeglichen Stress vermeiden«, merke ich meine Bedenken an und werde sofort von Lucien darin bestärkt.

»Ja, schauen wir mal, was der morgige Tag bringt. Ich danke dir, dass du mir Bescheid gegeben hast. Das Department wird sich bestimmt auch noch bei uns melden. Dieses Schwein. Kann er mich nicht endlich in Frieden lassen?« Seufzend legt sie eine Hand auf die noch winzige Wölbung ihres Bauches. »Ich wollte mein Baby vor solchen Menschen immer bewahren und nun taucht dieses Monster wieder auf.«

Lucien umarmt sie von hinten und haucht ihr einen Kuss auf den Scheitel. Lächelnd verfolge ich diese liebevolle Geste und werfe einen Blick zu Gene. Solch eine Zukunft könnte ich mir mit ihm auch vorstellen. Natürlich ohne diese ganzen irren Stalker.

Als ich mich wieder meiner Chefin zuwende, erstrahlt nun ein Lächeln auf ihrem Gesicht, da sie offensichtlich meine Gedankengänge errät.

»Aber ihr seid ja mit Sicherheit auch hier, um euch dieses tolle Schriftstück abzuholen, das ich seit gestern mit mir herumschleppe.« Sie nimmt ein Blatt Papier vom Couchtisch und reicht es mir. Mein Visum! Quietschend umarme ich sie und kann kaum mit Worten ausdrücken, wie ich mich fühle.

»Danke Yamina, du hast mir den Arsch gerettet!«

Lachend erwidert sie meine stürmische Umarmung.

»Macht, dass ihr nach Hause kommt. Ihr solltet feiern. Alles andere wird sich schon regeln. Wir hören uns morgen.« Bilde ich es mir ein, oder will sie uns loswerden?

»Schon in Ordnung. Wir sind ja schon weg«, beschwichtigend hebe ich die Hände, bevor wir uns von den beiden verabschieden.

Endlich geht dieser anstrengende Tag zu Ende, glücklicherweise hat er eine positive Wendung genommen.

Ich lebe noch, habe ein Visum und einen unglaublichen Mann an meiner Seite, bei dem ich mich, sobald wir zu Hause sind, erst einmal gebührend bedanken muss.

Pläne

»Bitte entschuldige das ganze Durcheinander, ich wollte nicht, dass du dich sorgen musst. Aber als ich diese Nachrichten gelesen habe, wusste ich, dass es sich hier nicht nur um einen Heiratsschwindler handelt«, erkläre ich Gene, zwischen dessen Beinen sitzend. Indes wir es uns vor dem Fernseher am Boden bequem gemacht haben, lehne ich mit dem Rücken an seiner Brust. Was genau wir schauen, nehme ich gar nicht wahr, abgelenkt durch seine zärtlichen Streicheleinheiten und die sanften Küsse, die er auf meinen Nacken haucht.

»Ich hatte solche Angst, dass ich dich wieder verlieren würde. Noch einmal schaffe ich das nicht«, flüstert er an mein Ohr, während er mich noch ein wenig mehr an sich zieht.

»Konntest du wenigstens deinen Termin wahrnehmen? Worum ging es dabei eigentlich?«, frage ich und drehe den Kopf, sodass ich ihn anschauen kann. Sein Blick ist voller Wärme und Liebe, just in diesem Moment fühle ich mich unendlich geborgen.

»Ich war beim Notar und habe sämtliche Wege geebnet, die nötig sind, um mit meinem Unternehmen umzuziehen.«

Erstaunt runzle ich die Stirn. »Wo willst du denn hin mit deiner Firma?«

Ein leichtes Lächeln umspielt Genes Lippen. »Nach Miami natürlich, Dummerchen.«

Mein Herzschlag setzt für einen Moment aus. Habe ich da gerade richtig gehört? »Miami?«

Er nickt und küsst mich. »Ich halte es keinen Tag länger aus von dir getrennt zu sein. Wenn das bedeutet, dass ich dafür nach Florida ziehen muss, von mir aus. Dort gibt es genauso viele Immobilien zu verkaufen.«

»Oh mein Gott, meinetwegen?«, frage ich verdutzt.

»Aus keinem anderen Grund. Ein Leben ohne dich kann und will ich mir nicht mehr vorstellen. Nicht nachdem, was wir durchgemacht haben.«

Diesen Augenblick sauge ich tief in meinen Gedanken auf, verankere ihn fest, denn seine Worte berühren mich so sehr, dass in meinem Herzen die Sonne aufgeht. »Ich liebe dich«, flüsternd drehe ich mich in seinen Armen zu ihm um. Zwischen seinen Beinen kniend lege ich all meine Gefühle in diesen einen Kuss und hoffe, dass ich damit ausdrücken kann, wie viel mir seine Geste bedeutet.

Er legt die Arme um mich und erwidert meine Lippenbekenntnisse mit der gleichen Intensität. *Sollte es doch ein Happy End für meine geschundene Seele geben? Auf jeden Fall spielt er eine ganz wichtige Rolle in diesem Finale.*

»Lass uns nach drüben gehen.«

Nickend folge ich ihm ins Schlafzimmer. Diese Nacht gehört uns und ich werde sie in vollen Zügen genießen. So lange habe ich darauf gewartet wieder glücklich zu sein und jetzt geschieht es endlich. Der Kampf war also nicht umsonst. Lächelnd verfolge ich Genes geschmeidige Bewegungen, bevor er mich zu sich aufs Bett zieht ...

»Weißt du eigentlich, dass ich für dich bis ans Ende der Welt und noch viel weiter gehen würde? Stell dir vor, ich hatte sogar überlegt dir nach Deutschland zu folgen, hätte das mit dem Visum nicht geklappt. Wahrscheinlich hätte ich mich dann auch angehört wie Kennedy: Ick bin ein Börliner«, scherzt Gene und beobachtet mich schmunzelnd, während wir am nächsten Morgen auf den Weg in die Kanzlei von Helen und Warren sind.

»Gott sei Dank bleibt uns das erspart. Also ich meine, das nach Deutschland ziehen.« Grinsend lege ich eine Hand auf seinen Oberschenkel, während er den Wagen zum Gebäude von Black & Chase steuert.

»Kannst du dir eigentlich vorstellen, wie gut es mir seit langem geht?«, beteuere ich wahrheitsgemäß und ernte ein Lachen seinerseits.

»Du hast ja keine Ahnung. Ich hätte nie gedacht, dass Liebe so schmerzhaft sein kann, aber ich bin froh, dass wir es endlich geschafft haben, denn mir geht es ebenfalls besser, als je zuvor. Lass uns herausfinden, was es Neues gibt.« Er parkt den Mercedes, umrundet das Auto und hilft mir auszusteigen. *Mein sexy Gentleman.*

In seinem Anzug und dem leicht geöffneten Hemd fällt es mir schwer, nicht sofort über ihn herzufallen.

Als wir die Kanzlei betreten werden wir sofort von Tiara begrüßt, die uns zum Besprechungsraum führt. Dort warten bereits Yamina und Lucien. Ich umarme die beiden und setze mich.

Warren hatte uns informiert, dass es Neuigkeiten in Bezug auf Frank, Matthew und Thony geben würde. Deshalb sind wir so schnell wie möglich aufgebrochen. Ich bin gespannt, was es zu erfahren gibt.

Während Tiara uns Kaffee serviert, betreten die Anwälte den Raum. Wie immer ist Warren eine Erscheinung für sich. Nichts gegen Helen, denn sie ist genauso imposant, aber für mich natürlich weniger interessant.

»Schön, dass ihr es einrichten konntet. Einiges konnte gestern noch geklärt werden. Wir haben Frank einen Besuch abgestattet, bei dem sich herausgestellt hat, dass er und Matthew im selben Gefängnis untergebracht waren. Kein Wunder, dass sie da genügend Zeit hatten gemeinsam Pläne zu schmieden. Thony hat im Verhör ebenfalls gesungen wie ein Vogel, er war wohl das kleinste Licht in der ganzen Kette. Zumindest hatte er nicht auf dem Schirm, worauf er sich da einlässt. Frank ist der eigentliche Drahtzieher gewesen, er hat

Matthew so lange bequatscht, bis auch er besessen davon war dich für sich zu gewinnen«, richtet er nun das Wort an Yamina. »Frank wusste, dass der schnellste Weg an dich heranzukommen über deine Assistentin stattfinden würde. Immerhin war er ja selbst lange genug an deiner Seite. Wir überprüfen noch, wieso Matthew frühzeitig entlassen wurde, vermuten aber, dass hier einige Schmiergelder geflossen sind. Demnach war es auf freiem Fuß ein Leichtes für ihn herauszufinden, worin Carmens Schwachstelle lag. Gene. Er musste sich also nur dessen Vertrauen erschleichen, um unbemerkt an Informationen zu kommen. Dabei fand er auch heraus, dass du verheiratet bist, Gene. Ebenso war er an Samanthas plötzlichem Auftauchen beteiligt. Ihm ist scheinbar das gelungen, was euch in all den Jahren nicht geglückt ist. Er hat alles bis ins kleinste Detail geplant, wusste wann und wie er dich allein antreffen konnte. Der Strippenzieher war Frank, denn er hat das nötige Kleingeld geliefert. Was genau er sich davon versprochen hat, konnten wir noch nicht herausfinden, aber wir denken, dass es zu großer Wahrscheinlichkeit um Rache und verschmähte Liebe geht. Tja, und Thony war dann der letzte verzweifelte Versuch über Carmen an dich ranzukommen, Yamina.« Warren streicht über den Bartschatten in seinem Gesicht, während wir weiter wie gebannt mit dem Blick an seinen Lippen hängen.

»Er wurde ausgewählt, da er tatsächlich als Heiratsschwindler bekannt ist, denn ich glaube auch, an dem Verschwinden der Erinnerung für die Visumsverlängerung von Carmen sind die Drei nicht ganz unschuldig, aber wir wissen noch nicht, wer da noch mit drin hängen könnte.«

Nun geht mir ein Licht auf. »Nathalie«, sage ich sofort und schüttle den Kopf über so viel Naivität, die ich an den Tag gelegt habe. »Sie muss es gewesen sein, sie ist die Einzige, die außer mir noch Zugang zu Terminen und den ganzen Abläufen bei Sanchez hat. Oh Gott, glaubt ihr, sie könnte sich den Dreien aus Neid angeschlossen haben, weil ich den Posten bekommen habe und sie nicht?«

»Das ist ein guter Hinweis, wir sollten ein paar Beamte bei ihr vorbeischicken, um das überprüfen zu lassen. Am besten erledige ich das gleich und setze mich mit dem NYPD in Verbindung. Das war es so weit von uns. Matthew wurde natürlich in ein anderes Gefängnis verlegt und Frank wurden seine Kommunikationsgeräte entzogen, wobei ich mich immer noch frage, warum er überhaupt welche besessen hat. Ich sage euch, diese ganze Korruptionsscheiße bringt mich irgendwann noch ins Grab. Ich bin Anwalt geworden, um die Verbrecher einzubuchten, aber nicht, um noch in unseren eigenen Reihen danach zu suchen.« Warren richtet sich auf und verlässt das Büro, während wir immer noch fassungslos verarbeiten, was wir soeben erfahren haben.

»Ich bin geschockt, wirklich«, Yamina findet als Erstes ihre Sprache wieder. »Unglaublich, dass ein Mensch so krank sein kann. Ich hoffe, dass jetzt ein für alle Mal Schluss damit ist. Da muss man doch etwas tun können?«, wendet sie sich hilflos an Helen, doch diese zuckt nur mit den Schultern.

»Ich wünschte, dass ich dir die Angst nehmen könnte, aber scheinbar gibt es Menschen, die immer wieder Mittel und Wege finden. Dennoch verspreche ich dir, dass wir unser Möglichstes tun werden, um ihn in Schach zu halten. Eventuell lässt sich da etwas mit einem Mithäftling vereinbaren. Wir werden sehen. Im Moment besteht aber keine weitere Gefahr. Er wird derzeit bewacht.«

»Seid ihr sicher? Ich bin bereit alles zu tun, damit meiner Familie nichts passiert«, schaltet sich nun Lucien ein, besorgt blickt er zu seiner Frau, was ich ihm nicht verübeln kann.

»Wie gesagt, im Moment sind die Drei nicht in der Lage irgendetwas zu unternehmen. Alles Weitere müssen wir in den nächsten Wochen besprechen.«

»Na schön, dann kann ich nur mit ausreichend Security dafür sorgen, dass uns vorerst nichts passiert. Ich fürchte nämlich, dass ich Yamina nicht davon abbringen kann, die Promotion in zwei Wochen fortzuführen.«

»So ist es, Darling.« Yamina tätschelt seine Hand, die auf ihrer Schulter liegt und wendet sich an mich. »Wo wir auch schon beim Thema wären. Wenn du recht behältst und Nathalie tatsächlich etwas mit der Sache zu tun hast, bist du ab sofort, bis wir Ersatz gefunden haben, auf dich allein gestellt. Traust du dir das schon zu?«

Ich nicke. »Natürlich, ich bin voll im Bilde und habe auch schon einige Dinge planen können. Von mir aus kann es losgehen.«

»Sehr gut, dann würde ich vorschlagen, dass du von hier aus alles noch Nötige klärst und ich währenddessen nach Miami fliege und dort für Ordnung sorge. In zwei Wochen treffen wir uns dann wieder hier, natürlich stehen wir währenddessen in ständiger Verbindung.«

»Wie du es wünschst«, sage ich und umarme sie. »Passt auf euch auf. Für wann soll ich euren Flug ansetzen?«, frage ich und ernte ein Lächeln.

»Das schaffe ich gerade noch allein. Ab morgen geht es wie gewohnt weiter, in Ordnung?«

»Danke«, flüstere ich und merke, wie mir Tränen in die Augen steigen. »Ohne dich würde ich nicht hier sitzen.«

»Sei nicht albern, dafür wärst du nicht durchlöchert worden und müsstest auch nicht mit einem verheirateten Mann anbändeln.« Sie lacht und wir stimmen mit ein.

»Apropos. Wie sieht es eigentlich mit diesem Thema aus?«, frage ich Gene, der mich eingehend mustert.

»Okay, das ist unser Stichwort Lucien, lass uns gehen.« Yamina und ihr Mann verabschieden sich von uns, während Helen bei uns sitzen bleibt.

»Vielleicht wird es dich freuen zu hören, dass Helen bereits an der Sache dran ist. Die Scheidung wird vermutlich schnell vom Tisch sein. Erstens war sie viel zu lange verschwunden und ist nachweislich nur wieder aufgetaucht, um sich Geld zu erschnorren. Und zweitens wird momentan überprüft, inwiefern sie mit Matthew unter einer Decke gesteckt hat«, erklärt Gene und ich seufze zufrieden.

»Stell dir vor, wir haben jetzt zwei Wochen für uns, um alles zu klären. Ich freue mich so sehr, dass du mit mir nach Miami kommst.« Meine Gedanken schweifen bereits zu unseren gemeinsamen Abenden vor dem Fernseher.

»Dieses Mal wird alles gut werden!«, prophezeit Gene und ich bete, dass er Recht behält.

»Wenn du dann so freundlich wärst, Gene. Ich brauche noch ein paar Unterschriften von dir«, unterbricht Helen unsere Floskeln und ich lächle entschuldigend.

»Geh nur, ich habe sowieso noch ein Telefonat zu führen«, ermutige ich ihn und zücke bereits mein Smartphone. Während die beiden den Raum verlassen, wähle ich die Nummer von meinem ehemaligen Chef.

»Alex. Carmen hier. Ich hatte dir versprochen, dass ich mich melde, wenn ich nähere Informationen habe. In zwei Wochen kann ich dich auf der Promotour für einen Termin bei Yamina dazwischenschieben. Ich hoffe, das geht in Ordnung, immerhin ist das die Woche zwischen Weihnachten und Silvester.«

»Das ist kein Problem für mich.«

»Wunderbar, ich freue mich schon, dich wieder zu sehen. Wirst du in Begleitung anreisen?«

»Ja, Elias Santos wird mich begleiten und Liliane Wagner, meine Freundin.« *Oha!*

»Eine Freundin? Was ist passiert, Casanova? Bist du etwa sesshaft geworden?« Ich kann mir ein Lachen nicht verkneifen. Alex und eine Beziehung, das kann doch nur ein Scherz sein.

»Ich bin etwas enttäuscht, dass du dich über mein Leben nicht mehr informierst, liebe Carmen. Ich bin andere Standards von dir gewohnt.«

Ich kann sein Grinsen beinahe hören.

»Sehr witzig. Warte mal ab, ob du in zwei Wochen immer noch lachst. Ich schicke dir alle Daten noch mal per Email raus. Bis dann«, verabschiede ich mich schnell und begebe mich zurück zu Gene und Helen.

Freiheit

2 Wochen später

Wie immer vor so einem wichtigen Termin schwitzte ich bereits seit Tagen Blut und Wasser. Ein ums andere Mal habe ich die Daten der anstehenden Meetings gecheckt und kontrolliert, ob sämtliche Caterer ihre Aufträge vorliegen haben.

Nervös renne ich auf der Suche nach meinem Make-up durch Genes Wohnung, weil ich mich endlich für die heutige Eröffnungsgala der Promotour fertigmachen muss. Blauauge hingegen beobachtet mich amüsiert von seinem Sofa aus, was ihm immer wieder einen finsteren Blick meinerseits einbringt.

»Wie kannst du nur so gelassen hier herumsitzen? Hilf mir lieber beim Suchen. Nein besser noch, zieh dich endlich an.« Ich werfe die Krawatte nach ihm und entdecke endlich das kleine Täschchen mit den Schminkutensilien. »Gott sei Dank! Würdest du mir dann bitte mit meinem Kleid behilflich sein?«, frage ich ihn, während er sich gespielt gequält vom Sofa hievt.

»Ich würde dir viel lieber später beim Ausziehen helfen. Ein Jammer, dass du diesen wundervollen Körper jetzt verhüllen musst.« Mittlerweile ist er mir ins Schlafzimmer gefolgt und bleibt hinter mir stehen. Ich spüre seinen Atem an meinem Ohr und mir läuft ein angenehmer Schauer über den Rücken. »Das war ganz schön hinterhältig von dir, die ganze Zeit in Unterwäsche vor meiner Nase herumzulaufen.« Seine Stimme klingt tief, vor Erregung ganz rau, was das wohlige Prickeln zwischen meinen Beinen hervorruft. Seufzend schließe ich die Augen und spüre die Wärme seines Körpers im Rücken, während sich seine Hände auf meine Hüften legen.

»Wie viel Zeit haben wir noch?«, fragt er heiser und küsst meinen Hals, der dank meiner hochgesteckten Haare für seine Zärtlichkeiten frei zugänglich liegt.

»Gerne würde ich sagen: genug, aber dann müsste ich lügen, denn von dir kann ich gar nicht genug bekommen.« Ich spüre sein Lächeln an meiner Haut und kann es mir ebenfalls nicht verkneifen. »Ich verspreche dir, wenn wir nach Hause kommen, darfst du mit mir anstellen, was du willst, aber bitte lass uns jetzt keine Dummheiten machen. Wenn ich heute zu spät erscheine, befördert Yamina meinen Hintern höchstpersönlich mit einem kräftigen Tritt zurück nach Deutschland.«

Gene prustet los und ich komme nicht umhin mich ihm anzuschließen. Der Klang seines Lachens löst ein zufriedenstimmendes Kribbeln in meinem Bauch aus.

»Das ist es. So fühlt es sich an, wenn man zu Hause ist«, sage ich zu ihm und erinnere so an seine Nachricht, die er mir an dem Abend von Pias Hochzeit in seiner Wohnung zurückgelassen hatte. Keine Antwort abwartend nehme ich das zartrosa-farbene Kleid des heutigen Abends vom Bügel und steife es mir über. Das Oberteil ist mit unzähligen Pailletten bestückt und trennt das Kleid so optisch vom Unterteil. Der bodenlange Rock fällt in großen Falten an meinen Beinen hinab. Das Highlight ist definitiv der Rundausschnitt am Rücken.

Gene schließt fürsorglich den Haken, des Neckholderoberteils und lässt seine Finger über die nackte Haut darunter gleiten.

»Du bist wunderschön«, gesteht er mir und ich drehe mich lächelnd zu ihm um.

»Danke, du bist wundervoll«, antworte ich und küsse ihn kurz auf die wohlgeformten Lippen. »Bitte beeil dich«, füge ich noch hinzu, bevor ich mich endlich meinem Make-up-Problem widme.

Zufrieden betrachte ich mich im Badezimmerspiegel. Wer hätte geahnt, dass ich einmal so aussehen könnte? Seit ich für Yamina arbeite, hat sich mein Stil ganz schön gewandelt. Vorsichtig nehme ich den Schmuck, den ich tragen werde aus der Schatulle. Die Ohrringe und das dazugehörige Armband sind aus Annas Kollektion, die wir heute Abend zusammen mit ComStyle, als neue Sparte bei Sanchez vorstellen möchten. Rosafarbene, facettierte Morganite zieren nun mein Handgelenk und meine Ohren. Den Wert der Edelsteine verdränge ich lieber schnell, bevor ich es mir anders überlege und sie wieder in Genes Safe zurücklege.

»Du solltest heute ein Auge auf mich haben, Darling. Mit diesen Klunkern bin ich ein Vermögen wert«, scherze ich und präsentiere mich Gene, als ich aus dem Bad trete.

Der Ausdruck in seinen Augen sagt mir alles, was ich wissen muss. Liebe, Begehren und Stolz liegen darin und ich schicke ein stummes Dankesgebet zum Universum, welches mir endlich meinen Traumprinzen geschickt hat.

»Für mich bist du auch ohne diese Steine unbezahlbar«, untermalt er meine Gedanken, während er mir in den Mantel hilft. Über die Schulter hinweg werfe ich Gene einen Blick zu, fange den seinen damit auf, lasse mich bereitwillig von ihm umdrehen. Von Angesicht zu Angesicht kann ich ihn endlich genauer betrachten. Er sieht unverschämt gut aus in seinem dunkelblauen, beinahe schwarzen Anzug. Die oberen Knöpfe des weißen Hemdes sind geöffnet und ich weiß er wird auf die Krawatte verzichten, die ich ihm zuerst zugeworfen habe. Seine Haare hat er mit etwas Gel in Form gebracht und sieht damit wesentlich jünger aus.

»Der heutige Abend wird perfekt werden. Ich bin bei dir«, beruhigt er mich und streicht mir sanft mit der Hand über die Wange. »Du hast alles bis ins kleinste Detail geplant,

Millionen Mal kontrolliert, sie wird stolz auf dich sein«, spielt er nun auf Yamina an und ich nicke versöhnlich.

»Lass uns fahren.« Er bietet mir seinen Arm an, den ich bereitwillig ergreife.

Die Präsentation von Annas Schmuckkollektion wird auf Liberty Island am Fuße der Freiheitsstatue stattfinden. Es wurden beheizte Zelte aufgebaut, damit die Gäste nicht erfrieren. Die Überfahrt von New Jersey nach Liberty Island findet mit einer Art Shuttleservice statt, während wir mit Yaminas Yacht vom Hafen aus dorthin gelangen werden. Die Genehmigung einzuholen, war gar nicht leicht, da es privaten Booten normalerweise untersagt ist dort anzulegen, aber glücklicherweise habe ich ja eine Chefin, die überall ihre Finger im Spiel hat.

Alle unsere Freunde sind ebenfalls bei diesem kurzen Vergnügen dabei, denn wir haben geplant nach der Gala noch ein wenig an Bord zu feiern. Treffpunkt ist eine Stunde vor Beginn, so dass wir noch genügend Zeit haben uns darauf vorzubereiten. Außerdem habe ich den Termin mit Alex, meinem ehemaligen Chef und Yamina so gelegt, dass er noch vor der ganzen Show über die Bühne gebracht werden kann.

Gene lenkt unseren Wagen galant zum Yachthafen, in dem bereits die neueste Errungenschaft meiner Chefin auf uns wartet. Eine schwarze Limousine hält ebenfalls vor dem Anlegeplatz und lässt erahnen, dass es sich hierbei um den Bringservice von Alex und seinen Begleitpersonen handelt. Lächelnd steige ich aus dem Auto und bewege mich auf das Fahrzeug zu, als auch schon der Fahrer, die hintere Tür öffnet. Alex verlässt als Erstes die Limousine und reicht seiner Freundin gentlemanlike die Hand, um ihr zu helfen. Elias folgt, doch meine ganze Aufmerksamkeit richtet sich nun auf das Paar vor mir.

Gene ist mittlerweile auch bei mir eingetroffen, als ich Alex begrüße. Freundschaftlich nehme ich ihn in den Arm, da wir uns schon ewig nicht mehr gesehen haben und muss mich zurückhalten nicht sogar ein paar Freudentränen zu vergießen. Er lächelt und stellt mir seine Freundin vor, die einen Kopf kleiner als ich ist. Sie trägt ein wunderschönes dunkelblaues Kleid, welches einen sehr guten Eindruck bei Yamina hinterlassen wird. Alex hat eben noch nie etwas dem Zufall überlassen.

»Hallo Liliane, es freut mich dich kennenzulernen. Du bist also die Frau, die es schafft ihn wieder sesshaft werden zu lassen?« Grinsend reiche ich ihr die Hand und ernte ein ebenso freundliches Lächeln ihrerseits.

»Lilly«, sagt sie kurz und knapp und ich nicke verstehend. Nun bin ich an der Reihe, Gene vorzustellen. Auch Elias begrüße ich und bitte die Drei uns auf die Yacht zu folgen, wo Yamina bereits warten sollte.

Ein reges Treiben herrscht im riesigen Wohnzimmer, denn Pia, Sam, Anna und George sind bereits an Bord und genehmigen sich ein paar Drinks. Lucien und seine Frau gedulden sich derweil im Büro, wohin ich Alex und Elias sogleich führe.

»Lilly, nimm dir doch schon mal einen Champagner, ich bin gleich wieder bei dir«, beruhige ich sie und deute Gene, dass er ihr etwas zu trinken besorgen soll.

Zaghaft klopfe ich an die Tür des Arbeitszimmers und trete samt Alex und Elias ein.

»Yamina darf ich vorstellen: Alexander von Bergenstein und Elias Santos von VENGA. Die Informationen liegen dir ja bereits vor. Ihr habt knapp dreißig Minuten, dann müssen wir uns für den Empfang vorbereiten. Ich lasse euch dann mal allein und kümmere mich derweil um die anderen«, sage ich zwinkernd und sehe noch, wie sich das Ehepaar und mein ehemaliger Arbeitgeber begrüßen. Sie werden wohl keine Zeit verlieren und direkt zum Geschäftlichen übergehen.

Schnell bahne ich mir den Weg zurück in den Wohnbereich und geselle mich zu Lilly und Gene, die bereits mit Pia und Sam in ein Gespräch verwickelt sind. *Na also, läuft doch alles ganz gut. Wenn die Gäste nachher auch so gut drauf sind, kann eigentlich nichts schief gehen.*

»Anna, bist du schon aufgeregt?«, frage ich sie und ernte ein gequältes Lächeln ihrerseits.

»Du hast ja keine Ahnung. Das Herz hängt mir bereits in der Hose.« Sie fächelt sich etwas Luft zu, bevor sie dem Schmuck, den ich trage, einen kritischen Blick unterzieht.

»Wer ist denn dieses Mädchen da?«, fragt sie mich beiläufig und ich erkläre ihr, wer Lilly ist.

»Meinst du, ich könnte sie um einen Gefallen bitten? Ich habe noch ein Set, welches hervorragend zu ihrem dunkelblauen Kleid passen würde.«

»Selbstverständlich, frag sie einfach.« Ich schiebe sie zu Lilly und mache die beiden bekannt. Anna vereinbart mit ihr, dass sie das Schmuckset kurz präsentieren wird und dann wieder ihres tragen kann.

»Diese Perlen mögen für andere spießig aussehen, aber du wirkst so rein und unschuldig. Sie passen perfekt zu deinem ganzen Erscheinungsbild. Dein Outfit, deine Haare ... als wäre alles nur darauf abgestimmt worden.« Anna zeigt ihr bereits begeistert die Schatulle, in der sich das Objekt der Begierde befindet und ich überlasse sie ihrer Unterhaltung, bevor ich einen Blick auf die Uhr werfe. Noch knapp fünfzehn Minuten.

Nervös suche ich nach einem Glas Champagner, damit auch ich mein Adrenalin unter Kontrolle bekomme. Ich leere es in einem Zug und werde alsbald von Pia in ein Gespräch verwickelt. Sie erzählt mir von den Flitterwochen und ich lausche schmachtend ihren Worten.

Als ich mich wieder nach Lilly umsehe, kann ich sie nirgends entdecken und runzle die Stirn. Vermutlich hat sie nur die Toilette aufgesucht, also denke ich mir nichts weiter dabei, während ich wenig später den Weg zum Büro meiner Chefin antrete.

Noch bevor ich die Tür öffnen kann, wird diese aufgerissen und Lilly stürmt hinaus. Verdutzt blicke ich ihr hinterher, auch Alex und Elias verlassen den Raum und ich wende mich sogleich an Yamina.

»Was ist denn passiert? Alles in Ordnung?«, frage ich sie Schlimmes ahnend, doch sie winkt nur ab.

»Diese Liliane ... durch sie ist der Deal mehr zu seinen, als zu meinen Gunsten ausgefallen.«

Jetzt bin ich noch verwirrter. Hin und hergerissen, was ich nun tun soll, beschließe ich nicht näher darauf einzugehen und zu hoffen, dass sie sich wieder beruhigt, bis wir von Bord gehen.

»Wir haben noch fünf Minuten. Mittlerweile hat die Yacht angelegt«, informiere ich sie und begebe mich auf die Suche nach Alex und seiner Begleitung.

»Ich hoffe, dir ist bewusst, wenn ich meinen Job verliere, dass du mich wieder aufnehmen musst!«, warne ich ihn im Vorbeigehen und kann mir ein Lachen nicht verkneifen.

Als wir alle die Yacht verlassen und die beheizten Zelte betreten, sind diese schon gut gefüllt. Die Gäste werden vom Serviceteam gut umsorgt, so dass Yamina sofort mit der Begrüßung und den Neuigkeiten in Bezug auf das Sanchez Sortiment loslegen kann. Die Presse ist zahlreich vertreten und ich verschaffe mir einen ersten Überblick. Ein paar Prominente haben sich auch eingefunden, was für ausreichend Publicity sorgt. Ich bin also rund um zufrieden, so dass ich die Blicke, die Yamina der armen Lilly zuwirft, verschmerzen kann. *Es wird sich schon wieder alles einrenken,* denke ich und schiebe es einfach auf die Hormone einer Schwangeren.

Anna macht ihren Job gut und stellt ihre Kollektion gekonnt dem Publikum vor. Sie bittet jedes Model einzeln auf die Bühne und beantwortet Fragen zu Material und Beschaffenheit. Indes ich meinen Auftritt auf dem Podium wahrnehme suche ich Genes Blick, der mir aufmunternd zulächelt. Er weiß, dass ich lieber die Person im Hintergrund bin, auch wenn mir das bei solch einer Chefin nur selten gelingt. Gefühlte Stunden vergehen, bis ich von Anna entlassen werde und vor Erleichterung in Genes Arme falle. Jetzt ist nur noch Lilly an der Reihe Modell zu stehen.

»Was meinst du, schnappen wir kurz frische Luft?«, fragt mich Gene und ich nicke dankbar. Er reicht mir den Mantel und begleitet mich nach draußen. Die Dezembernacht ist ungewöhnlich mild, der Himmel sternenklar und ich kuschle mich zufrieden an Gene, als er mir einen Arm um die Hüfte legt.

»Na siehst du, ich habe dir doch versprochen, dass alles gut wird.« Er blickt hinauf zur Freiheitsstatue und ich schließe mich ihm an.

»Dieses Wahrzeichen verkörpert unter anderem den Traum, den ich immer hatte«, beginne ich zu erzählen. »Amerika, das Land der unbegrenzten Möglichkeiten. Das Land der Freiheit. Ich habe einen Job, der mich zwar Nerven kostet, aber dem ich gerne nachgehe und was noch viel wichtiger ist: Du bist hier.«

Gene lächelt und schüttelt den Kopf. »Oh nein, du verdirbst mir den heutigen Abend nicht. Das hier ist jetzt mein Part.«

Verwirrt runzle ich die Stirn, als wir uns in Blickrichtung von Manhattan drehen. *Was hat das denn zu bedeuten?*

Meine Frage wird beantwortet, als ich das erste Licht nach oben sausen sehe. Ein Feuerwerk? Fontänen in den verschiedensten Farben steigen nach und nach den Himmel empor.

»Ich kenne deinen ganz besonderen Wunsch, den ich dir eines Tages erfüllen werde, das verspreche ich dir, so wahr ich hier stehe. Der heutige Abend soll ein Zeichen dessen sein, was ich für dich empfinde. Durch dich ist mir klar geworden, dass man an jedem Tag festhalten sollte, als wäre es der Letzte. Als ich dich beinahe verloren hatte, ist auch ein Teil von mir gestorben. Dein Erwachen gab mir Kraft um dich zu kämpfen. Unser Weg war nicht leicht, aber ich möchte ihn weiter mit dir gehen. Überall hin, bis ans Ende der Welt und noch viel weiter.«

Mein Blick begegnet Genes Augen, in denen sich das Feuerwerk spiegelt und ich halte die Tränen zurück, die sich ihren Weg über meine Wange bahnen wollen.

»Ich liebe dich, Camelie. Du bist die Eine, nur mit dir fühlt es sich nach ›zu Hause‹ an.«

Den Kloß in meinem Hals hinunterschluckend, versuche ich zu lächeln, auch wenn die Tränen bereits mein Sichtfeld trüben.

»Es ist noch Zeit, ich weiß. Nicht heute und nicht morgen, aber ich möchte, dass du meine Frau wirst. Nur mit dir kann ich mir vorstellen den Schritt noch einmal zu wagen.« Nickend falle ich ihm um den Hals und flüstere ein heiseres »Ja« in sein Ohr. Meine Lippen treffen alsbald auf seine und verlieren sich in einem Kuss, der mich alle Zweifel, die ich jemals verspürt habe, vergessen lässt.

Nach einer Weile löst sich Gene von mir und wir betrachten weiter schweigend das Schauspiel am Himmel. Rund um uns haben sich auch die anderen Gäste eingefunden und tun es uns gleich. Mein Blick schweift über die Pärchen, die sich verliebt im Arm halten, bis hin zur ›Lady Liberty‹.

Endlich bin ich angekommen.

ENDE

Danksagung

Ich danke allen meinen treuen Lesern! Für euer Feedback, euren Zuspruch und die ganze Kraft, die ihr mir dadurch sendet. Nur so habe ich genug Mut weiterzumachen und euch mit meinen Geschichten zu erfreuen.

Danke an meine Eltern, die immer stolz auf mich sind! Danke an meinen Mann, der mich immer schreiben lässt, wenn mich die Muse küsst. Danke an meine Buchstabenfeen Lydia und Christina. Danke an meine Mädels Carmen und Nancy, ihr bereichert mein Leben. Das Special Thanks geht an Lydia.

Alle Bücher der Autorin Maria Föderl

Plötzlich kopflos Band I

Plötzlich herzlos Band II

Plötzlich Weihnachten Band II.I

Plötzlich hoffnungslos Band III

Souvenir de la Rose (erschienen unter dem Pseudonym Mary Jane Fields)

15751250R00129

Printed in Great Britain
by Amazon